R o m a n c e   J o v e m

D1717876

Romance Jovem

Alex Shearer
Os Perseguidos

Álvaro Magalhães
A Ilha do Chifre de Ouro
O Último Grimm
O Rapaz dos Sapatos Prateados
A Mata dos Medos

Andy McNab e Robert Rigby
O Rapaz-Soldado
A Desforra
O Vingador
O Desfecho

Anne-Laure Bondoux
As Lágrimas do Assassino
A Princesa e o Capitão

Brian Jacques
Os Náufragos do Holandês Voador
Viagem Sem Fim
Vida de Escravo

Caleb Krisp
Ivy Pocket – O Segredo do Diamante

Conor Kostick
Epic

Dean Vincent Carter
A Mão do Diabo

Erik L'Homme
O Livro das Estrelas I
Qadehar, o Feiticeiro
O Livro das Estrelas II
O Misterioso Lorde Sha
O Livro das Estrelas III
O Rosto da Escuridão

Erik Orsenna
Os Cavaleiros do Conjuntivo

Flavia Bujor
A Profecia das Pedras

Garry Kilworth
Ática – À Descoberta do Sótão

Herbie Brennan
A Guerra das Fadas
O Imperador Púrpura
O Senhor do Reino
O Destino das Fadas

Jeanette Winterson
O Guardião do Tempo

João Aguiar
Sebastião e os Mundos Secretos I
O Cristal Dourado
Sebastião e os Mundos Secretos II
O Anel Roubado

John Boyne
O Rapaz do Pijama às Riscas
O Rapaz no Cimo da Montanha

Luc Besson
Artur e os Minimeus
Artur e a Cidade Proibida
Artur e a Vingança de Maltazard
Artur e a Guerra dos Dois Mundos
Artur e os Minimeus – A História
do Filme

Margarida Marinho
Tattoo – De Noite, um Cavalo Branco

Mary O'Hara
A Minha Amiga Flicka

Matthew Skelton
O Segredo de Endymion Spring

Melvin Burgess
Cidade Infernal

Philip Reeve
Larklight

Rafael Ábalos
Grimpow – O caminho invisível
Grimpow – A última das bruxas
Kôt

Rick Yancey
As Extraordinárias Aventuras
de Alfred Kropp

Robert J. Harris
Leonardo e a Máquina da Morte

Silvana De Mari
O Último Elfo

Stephen Cole
O Segredo da Serpente

Timothée de Fombelle
Tobias Lolness – A vida em suspenso
Tobias Lolness – Os olhos de Elisha

JOHN BOYNE

O RAPAZ DO PIJAMA ÀS RISCAS

Traduzido do inglês por
CECÍLIA FARIA E OLÍVIA SANTOS

Coordenação e revisão da tradução de
ANA MARIA CHAVES

ASA

Título: O Rapaz do Pijama às Riscas
Título original: The Boy in the Striped Pyjamas
Texto: © 2006, John Boyne
Publicado originalmente no Reino Unido
por David Fickling Books, uma chancela editorial
de Random House Children's Books.
Versão portuguesa © Edições ASA II, S.A. – Portugal
Tradução: Cecília Faria e Olívia Santos
Coordenação e revisão da tradução: Ana Maria Chaves

Paginação: Paulo Baptista
Impressão e acabamento: Multitipo – Artes Gráficas, Lda.

1ª edição: novembro de 2007
17ª edição: março de 2018 (reimpressão)
[4ª edição conforme o Acordo Ortográfico de 1990]
Depósito legal nº 426141/17
ISBN 978-972-41-5357-5
Reservados todos os direitos
de acordo com a legislação em vigor

Edições ASA II, S.A.
Uma editora do Grupo Leya
Rua Cidade de Córdova, nº 2
2610-038 Alfragide – Portugal
Telef.: (+351) 214 272 200
Fax: (+351) 214 272 201
edicoes@asa.pt
www.asa.pt
www.leya.com

Para , *Lynch*

AGRADECIMENTOS

Por todos os conselhos e sábios comentários, e por nunca terem permitido que eu me desviasse do enfoque central de toda a história, o meu muito obrigado a David Fickling, Bella Pearson e Linda Sargent. Por ter estado por detrás de tudo desde o início, agradeço, como sempre, ao meu agente, Simon Trewin.

Agradeço igualmente à minha velha amiga Janette Jenkins pelo incentivo, após ter lido um primeiro esboço.

ÍNDICE

1

BRUNO FAZ UMA DESCOBERTA

Certa tarde, quando Bruno chegou a casa depois da escola, ficou surpreendido ao ver Maria, a criada da família – que andava sempre de cabeça baixa e nunca levantava os olhos do chão –, no seu quarto, a esvaziar-lhe o roupeiro e a arrumar tudo em quatro grandes caixotes de madeira, até mesmo aquelas coisas que ele tinha escondido no fundo do roupeiro e que eram dele e só dele e não diziam respeito a mais ninguém.

– O que estás a fazer? – perguntou Bruno no tom mais educado que conseguiu arranjar, pois apesar de não estar contente por chegar a casa e encontrar alguém a mexer nas suas coisas, a mãe sempre lhe ensinara a tratar Maria com respeito e a não se limitar a imitar o modo como o pai falava com ela. – Para de mexer nas minhas coisas.

Maria abanou a cabeça e apontou para as escadas, atrás dele, onde a mãe tinha acabado de aparecer. Era uma mulher alta, com longos cabelos ruivos presos numa espécie de rede sobre a nuca, e torcia nervosamente as mãos, como se houvesse alguma coisa que ela não queria ter de lhe dizer ou alguma coisa na qual gostaria de não ter de acreditar.

– Mãe – disse Bruno, aproximando-se –, o que é que se passa? Porque é que a Maria está a mexer nas minhas coisas?

– Está a empacotá-las.

– A empacotá-las? – perguntou ele, recapitulando os acontecimentos dos últimos dias, a ver se se tinha portado mal ou se
tinha dito em voz alta aquelas palavras que não estava autorizado
a dizer, e iam mandá-lo embora de casa por isso. Porém, não conseguia lembrar-se de nada. Na verdade, nos últimos dias, ele tinha-se portado até muitíssimo bem com toda a gente e não se
lembrava sequer de ter feito tropelias. – Porquê? – acrescentou.
– O que foi que eu fiz?

Nessa altura, a mãe já tinha ido para o quarto, mas Lars, o
mordomo, estava lá, a empacotar as coisas dela. Dando um suspiro, a mãe abriu as mãos em sinal de frustração antes de voltar
para as escadas e Bruno foi atrás dela, pois não estava disposto
a deixar o assunto morrer sem uma explicação.

– Mãe – insistiu ele. – O que é que se passa? Vamos mudar
de casa?

– Anda comigo lá para baixo – disse a mãe, descendo à frente e dirigindo-se para a grande sala de jantar onde o Fúria tinha
jantado na semana anterior. – Lá nós conversamos.

Bruno correu para o andar de baixo, ultrapassando-a nas
escadas, e já estava à espera na sala de jantar quando ela entrou.
Ficou a olhar para ela em silêncio por um momento, reparando
que naquela manhã ela não se tinha maquilhado como devia ser,
porque estava com os olhos mais vermelhos do que era usual,
como os dele costumavam ficar depois de fazer tropelias e me-
ter-se em sarilhos, quando acabava por chorar.

– Bruno, não tens de te preocupar – disse a mãe, sentando-
-se na cadeira onde estivera a bela mulher loira que tinha vindo
jantar com o Fúria e de onde lhe tinha acenado quando o pai
fechou as portas. – Na verdade, tudo isto será uma grande aventura.

– Isto o quê? – perguntou ele. – Estou a ser posto fora de
casa?

– Não, não és só tu – disse ela, como se por um momento quisesse sorrir, mas depois se arrependesse. – Vamos todos. O teu pai e eu, tu e a Gretel. Nós os quatro.

Bruno pensou no que acabara de ouvir e franziu o sobrolho. Não se importava nada que mandassem a Gretel embora, porque ela era um Caso Perdido e só lhe arranjava problemas. Mas parecia-lhe injusto que tivessem de ir todos com ela.

– Mas... para onde? – perguntou. – Para onde vamos exatamente? Porque é que não podemos ficar aqui?

– É o emprego do teu pai – explicou a mãe. – Tu sabes como é importante, não sabes?

– Claro que sei – disse Bruno, com um aceno, porque havia sempre muitas visitas lá em casa – homens com uniformes fantásticos, mulheres com máquinas de escrever, das quais ele tinha de manter as suas mãos sujas afastadas – e elas eram sempre muito bem-educadas com o pai e diziam umas às outras que ele era um homem no qual deviam pôr-se os olhos e que o Fúria tinha grandes planos para ele.

– Bem, às vezes, quando alguém é muito importante – continuou a mãe –, o patrão pede-lhe para ir para outro lado por nesse sítio haver um trabalho muito especial que tem de ser feito.

– Que tipo de trabalho? – perguntou Bruno, porque, para ser sincero, algo que ele tentava sempre ser, não estava inteiramente certo de qual era a profissão do pai.

Um dia, na escola, estavam a falar sobre os pais e o Karl tinha dito que o pai dele era merceeiro, o que Bruno sabia ser verdade, porque ele tinha uma mercearia no centro da cidade. E o Daniel tinha dito que o pai era professor, o que Bruno sabia ser verdade, porque ele dava aulas aos rapazes mais velhos, os quais era sempre sensato evitar. E Martin tinha dito que o pai dele era cozinheiro, o que Bruno sabia ser verdade, porque às vezes ele ia buscar o Martin à escola e levava sempre uma bata branca e um avental axadrezado, como se tivesse acabado de sair da cozinha.

Mas quando perguntaram a Bruno o que é que o pai dele fazia, ele abriu a boca para lhes responder e depois apercebeu-se de que ele próprio não sabia. Tudo o que sabia era que o pai era um homem no qual deviam pôr-se os olhos e que o Fúria tinha grandes planos para ele. Ah, e também que ele tinha um uniforme fantástico.

– É um emprego muito importante – disse a mãe, hesitando por um momento. – Um trabalho que precisa de ser feito por um homem muito especial. Consegues perceber isso, não consegues?

– E temos de ir todos também? – perguntou Bruno.

– Claro que sim – disse a mãe. – Não queres que o teu pai vá sozinho para o seu novo emprego e fique lá sem ninguém, pois não?

– Acho que não – respondeu Bruno.

– O teu pai ia ter muitas saudades nossas se não fôssemos com ele – acrescentou a mãe.

– De quem é que ele teria mais saudades? – perguntou Bruno. – De mim ou da Gretel?

– Teria tantas saudades de um como do outro – disse a mãe, porque ela acreditava piamente que não havia favoritos, o que Bruno respeitava, especialmente por saber que, na verdade, ele era o favorito dela.

– E a nossa casa? – perguntou Bruno. – Quem vai tomar conta dela enquanto não estivermos cá?

A mãe suspirou e olhou em volta para toda a sala como se sentisse que aquela podia ser a última vez. Era uma casa muito bonita e tinha, ao todo, cinco andares, contando com a cave, onde a cozinheira preparava as refeições e Maria e Lars se sentavam à mesa a discutir um com o outro e a chamar um ao outro nomes que supostamente não deviam chamar, e contando também com o quarto pequenino lá no cimo, com janelas inclinadas de onde Bruno podia avistar Berlim de uma ponta à outra se se pusesse em bicos de pés e se se agarrasse com força ao caixilho.

– Temos de fechar a casa por agora – disse a mãe. – Mas voltaremos um dia.

– Então, e a cozinheira? – perguntou Bruno. – E o Lars? E a Maria? Eles não vão ficar aqui?

– Eles vêm connosco – explicou a mãe. – E agora chega de perguntas. Talvez o melhor seja ires para cima ajudar a Maria a fazer as tuas malas.

Bruno levantou-se, mas não foi a lado nenhum. Tinha ainda mais algumas perguntas para fazer antes de permitir que o assunto fosse encerrado.

– E é muito longe? – perguntou. – O emprego novo? Fica a mais de um quilómetro?

– Meu Deus! – disse a mãe, dando uma risadinha, embora fosse uma risada estranha, porque não parecia feliz, e virando as costas a Bruno como se não quisesse que este lhe visse a cara. – Sim, Bruno – respondeu então –, fica a mais de um quilómetro. Na verdade, a muito mais de um quilómetro.

Os olhos de Bruno arregalaram-se e a boca abriu-se de espanto. Sentiu também os braços a afastarem-se do corpo, como sempre faziam quando alguma coisa o surpreendia.

– Não me estás a dizer que vamos sair de Berlim, pois não? – perguntou, engasgando-se, tal era a velocidade com que falava.

– Parece-me que sim – disse a mãe, meneando a cabeça tristemente. – O emprego do teu pai é…

– Mas… e a escola? – interrompeu-a Bruno, coisa que ele sabia que não podia fazer, mas que sentia que lhe seria perdoada desta vez. – E então o Karl, o Daniel e o Martin? Como é que eles vão saber onde é que eu estou quando quisermos ir brincar juntos?

– Vais ter de te despedir dos teus amigos por uns tempos – disse a mãe –, embora eu tenha a certeza de que a seu tempo voltarás a vê-los. E não interrompas a tua mãe quando ela está a falar, por favor – acrescentou, pois embora as notícias fossem estranhas e desagradáveis, isso não era suficiente para Bruno quebrar as regras de boa educação que ela lhe tinha ensinado.

– Dizer-lhes adeus? – perguntou ele, surpreendido. – Dizer-lhes adeus? – repetiu, cuspindo as palavras como se tivesse a boca cheia de bolachas que triturava em pedacinhos muito pequenos, mas que, na verdade, não engolia. – Dizer adeus ao Karl, ao Daniel e ao Martin? – continuou, agora quase aos gritos, coisa que não lhe era permitida dentro de casa. – Mas eles são os meus três melhores amigos para toda a vida.

– Fazes outros amigos – disse a mãe, mandando-o embora com uma sacudidela da mão, como se fosse coisa fácil fazer três melhores amigos para toda a vida.

– Mas nós tínhamos planos – protestou.

– Planos? – exclamou a mãe, levantando uma sobrancelha. – Que tipo de planos?

– Bem, isso seria traição – disse Bruno, que não podia revelar a exata natureza dos planos, que incluíam muitas tropelias, especialmente dentro de poucas semanas, quando a escola acabasse e começassem as férias de verão e eles não tivessem de passar o tempo todo só a fazer planos, mas sim a pô-los efetivamente em prática.

– Desculpa, Bruno – disse a mãe –, mas os teus planos vão mesmo ter de esperar. Não temos escolha.

– Mas… mãe!

– Bruno, já chega! – disse ela, a perder a paciência, pondo-se de pé para lhe mostrar que estava a falar a sério quando tinha dito que chegava. – Francamente, ainda a semana passada te queixavas de como as coisas tinham mudado por aqui ultimamente.

– Bem, eu não gosto de ter de apagar as luzes todas à noite como agora temos de fazer – admitiu.

– Toda a gente tem de fazer o mesmo – explicou a mãe. – Para estarmos mais seguros. E quem sabe se não vamos estar ainda mais seguros se nos mudarmos. Agora preciso que vás lá para cima ajudar a Maria a fazer-te as malas. Não temos tanto tempo como eu gostaria para nos prepararmos, graças a certas pessoas…

Bruno acatou a ordem e saiu cabisbaixo, sabendo que "certas pessoas" era uma expressão dos adultos para "pai", e uma expressão que ele não estava autorizado a dizer.

Subiu as escadas muito devagarinho, agarrado ao corrimão, a pensar se na nova casa, no novo sítio onde ficava o emprego do pai, teria um corrimão tão bom como este para escorregar. Porque o corrimão desta casa, que vinha desde o último andar, mesmo à saída do tal quartinho de onde, se se pusesse em bicos de pés e se se agarrasse com força ao caixilho da janela, podia ver Berlim de uma ponta à outra, até ao rés-do-chão, mesmo em frente às duas grandes portas de carvalho. E não havia nada de que Bruno mais gostasse do que trepar para o corrimão no último andar e vir a escorregar por ali abaixo a toda a velocidade, fazendo chiar a madeira à sua passagem.

Desde o último andar até ao seguinte, onde ficava o quarto dos pais, e a casa de banho grande onde ele não estava autorizado a entrar em caso algum.

Daí até ao próximo piso, onde ficavam o seu quarto e o da Gretel também, e a casa de banho mais pequena, a que ele devia usar com mais frequência do que na realidade fazia.

E até ao rés-do-chão, onde uma pessoa saía disparada no final do corrimão e tinha de aterrar com os dois pés, sem cair, caso contrário eram cinco pontos a menos e tinha de começar tudo de novo.

O corrimão era a melhor coisa daquela casa, isso e o facto de o avô e a avó viverem tão perto. Quando pensou nisso, perguntou-se se iriam também com eles para o novo emprego e presumiu que sim, já que era impensável deixá-los. Ninguém precisava da Gretel porque ela era um Caso Perdido – seria muito melhor se ela ficasse a tomar conta da casa. E o avô e a avó? Bem, isso era completamente diferente.

Bruno subiu lentamente as escadas até ao quarto, mas antes de entrar olhou para baixo, para o rés-do-chão, e viu a mãe a entrar no escritório do pai, que ficava em frente à sala de jantar e era de "Acesso Interdito A Todas as Horas Sem Exceção", e ouviu-a a falar alto com ele até ele falar mais alto do que ela e isso acabar com a conversa. Depois, a porta do escritório fechou-se e Bruno deixou de os ouvir, pelo que achou que seria boa ideia voltar para o quarto e tratar ele mesmo de fazer a sua mala, caso contrário a Maria poderia tirar todas as suas coisas de dentro do roupeiro sem cuidado nem consideração, até mesmo as que ele tinha escondido lá atrás de tudo e que eram dele e só dele e não diziam respeito a mais ninguém.

2

A CASA NOVA

Quando Bruno viu a casa pela primeira vez, os seus olhos arregalaram-se, a boca abriu-se de espanto e os braços afastaram-se do corpo mais uma vez. Tudo nesta casa parecia ser o oposto da antiga e ele não queria acreditar que iam realmente viver ali.

A casa de Berlim ficava numa rua sossegada numa fiada de outras casas como a dele e era sempre agradável olhar para elas, porque eram quase todas iguais, mas não exatamente iguais, e nelas viviam outros rapazes com quem ele costumava brincar (se eram seus amigos) ou de quem se afastava (se eram brigões). A casa nova, no entanto, erguia-se sozinha num lugar vazio e desolado, e não se viam outras casas por perto, o que significava que não havia outras famílias nem rapazes para brincar, fossem eles amigos ou brigões.

A casa de Berlim era enorme e, apesar de ele já lá viver há nove anos, ainda conseguia encontrar recantos e buracos ainda não totalmente explorados. Havia até compartimentos inteiros, como o escritório do pai, que eram de "Acesso Interdito A Todas as Horas Sem Exceção", e nos quais ainda mal tinha entrado. No entanto, a casa nova tinha apenas três andares: o andar de cima, onde ficavam todos os quartos e apenas com uma casa de banho; o rés-do-chão, com a cozinha, a sala de jantar e o escritório do pai (o qual, pensava ele, devia estar sujeito às mesmas restrições que o antigo); e uma cave onde dormiam os criados.

À volta da casa de Berlim havia outras ruas também com grandes casas e as ruas que iam dar ao centro da cidade estavam sempre cheias de pessoas a passearem que paravam para conversar umas com as outras, ou de pessoas a correrem, cheias de pressa, a dizerem que não tinham tempo para parar porque tinham mil coisas para fazer. Havia lojas com montras resplandecentes e bancas com frutas e outros vegetais dispostos em pilhas muito altas em grandes tabuleiros, com couves, cenouras, couve-flor e milho. Alguns estavam a abarrotar de alho-francês, cogumelos, nabos e grelos, outros de alfaces e feijão-verde, curgetes e cherivias. Às vezes ele gostava de parar à frente destas bancas, fechar os olhos e inspirar fundo, sentindo a cabeça tonta com a mistura doce dos aromas e da vida. Mas não havia outras ruas perto da casa nova, ninguém a deambular ou a correr apressado, e nem sombra de lojas nem de bancas com frutas e vegetais. Quando fechava os olhos, tudo em redor era frio e vazio, como se estivesse no lugar mais solitário do mundo. No meio do nada.

Em Berlim, havia mesas postas na rua e, às vezes, quando regressava a casa com Karl, Daniel e Martin, via homens e mulheres sentados a beberem bebidas espumosas e a rirem muito alto; pensava sempre que as pessoas que se sentavam a essas mesas deviam ser mesmo engraçadas, porque, dissessem o que dissessem, alguém estava sempre a rir. Mas havia qualquer coisa na casa nova que fazia Bruno pensar que ali nunca ninguém se ria; que não havia nenhum motivo para rir e nenhuma razão para ser feliz.

– Eu acho que isto foi muito má ideia – disse Bruno, horas depois de terem chegado, enquanto Maria desfazia as malas no andar de cima. (Maria não era a única criada na nova casa: havia mais três que eram muito magrinhas e só falavam umas com as outras a cochicharem. Havia também um homem mais velho, que lhe disseram que ia lá todos os dias para preparar os vegetais e servi-los à mesa, e que parecia não só muito infeliz, mas também um bocadinho zangado.)

– Não nos podemos dar ao luxo de achar ou não achar – disse a mãe, enquanto abria uma caixa que continha o serviço de sessenta e quatro copos que o avô e a avó lhe tinham dado quando ela se casou com o pai. – Há pessoas que tomam todas as decisões por nós.

Bruno não percebeu o que ela queria dizer e, por isso, fez de conta que nem tinha ouvido.

– Continuo a achar que foi muito má ideia – repetiu. – Acho que o melhor a fazer é esquecermos tudo isto e voltarmos para casa. É a errar que se aprende – acrescentou, usando uma frase que tinha aprendido há pouco tempo e que estava decidido a usar tantas vezes quantas fosse possível.

A mãe sorriu e pousou os copos em cima da mesa com cuidado.

– Tenho outra frase para ti – disse ela. – Temos de aprender a tirar o melhor partido das más situações.

– Não sei se temos – retorquiu Bruno. – Eu acho que devias dizer ao pai que mudaste de ideias, e pronto. Se tivermos de passar aqui o resto do dia, jantar e dormir aqui por estarmos cansados, tudo bem, mas talvez fosse melhor levantarmo-nos amanhã de manhã cedinho se quisermos estar em Berlim à hora do lanche.

A mãe suspirou.

– Bruno, porque é que não vais lá para cima ajudar a Maria a desfazer as malas?

– Mas não vale a pena desfazer as malas, se vamos apenas...

– Bruno, vai, por favor! – gritou a mãe, exaltada, pois, ao que parecia, ela podia interrompê-lo, mas ele não. – Chegámos, estamos aqui, esta é a nossa casa para os tempos mais próximos e nós só temos de fazer com que tudo corra pelo melhor. Estás a perceber?

Ele não percebia o que queria dizer "tempos mais próximos" e disse-lho.

– Quer dizer que agora é aqui que vamos viver, Bruno. E acabou a conversa! – disse a mãe.

Bruno sentiu uma dor no estômago e qualquer coisa a crescer dentro de si, algo que, quando saísse do mais fundo das suas entranhas cá para fora, ia fazê-lo gritar que tudo aquilo estava errado, que era injusto e um grande erro pelo qual mais cedo ou mais tarde alguém iria pagar, ou então iria apenas fazê-lo desabar em lágrimas. Não conseguia entender como é que tudo aquilo tinha acontecido. Num dia estava feliz, a brincar em casa, tinha três grandes amigos para toda a vida, escorregava pelos corrimões abaixo, punha-se em bicos de pés para ver Berlim de uma ponta à outra, e agora estava aqui, prisioneiro, nesta casa fria e horrível, com três criadas sempre a cochicharem e um criado que andava infeliz e zangado, uma casa onde parecia que ninguém iria algum dia voltar a ser alegre.

– Bruno, quero que vás lá para cima desfazer as malas e já – disse a mãe num tom nada afável.

Ele, sabendo que ela estava a falar a sério, deu meia volta e foi para cima sem mais uma palavra. Sentia as lágrimas a rebentarem-lhe nos olhos, mas estava decidido a não as deixar sair.

Foi para cima e fez um reconhecimento completo, muito devagar, na esperança de encontrar uma porta, mesmo pequena, ou um cubículo onde pudesse fazer algumas explorações, mas nada. Naquele andar havia apenas quatro portas, duas de cada lado, viradas umas para as outras. Uma dava para o seu quarto, outra para o quarto da Gretel, outra para o quarto dos pais, e outra para a casa de banho.

– Isto não é a minha casa nem nunca vai ser – resmungou ele no momento em que entrou no quarto e encontrou todas as suas roupas espalhadas em cima da cama e as caixas com os livros e os brinquedos ainda por desempacotar. Era óbvio que Maria não tinha as prioridades bem definidas.

– A mãe mandou-me vir ajudar – disse baixinho.

Maria acenou com a cabeça e apontou para um saco grande com as meias, as camisolas interiores e as cuecas dele.

– Se separar aquela roupa, pode dividi-la pelas gavetas daquela cómoda – disse ela, apontando para uma cómoda horrorosa do outro lado do quarto, ao lado de um espelho coberto de pó.

Bruno suspirou e abriu o saco, cheio até cima com a sua roupa interior. O que ele mais queria era esconder-se lá dentro e esperar que, quando de lá saísse, já tivesse acordado e estivesse de novo em casa.

– O que pensas de tudo isto, Maria? – perguntou, após um longo silêncio, porque ele sempre tinha gostado da Maria e sentia que ela fazia parte da família, mesmo que o pai dissesse que ela era só uma criada e muito bem paga.

– Tudo o quê? – perguntou ela.

– Isto – disse ele, como se fosse a coisa mais óbvia do mundo. – Vir para um sítio como este. Não achas que cometemos um grande erro?

– Não me cabe a mim dizê-lo, Menino Bruno – disse Maria. – A sua mãe já lhe explicou tudo sobre o emprego do seu pai e…

– Ora! Estou cansado de ouvir falar no emprego do meu pai – disse Bruno, interrompendo-a. – Só se fala nisso, se queres saber. O emprego do pai, isto, o emprego do pai, aquilo. Bom, se o emprego do pai faz com que a gente tenha de se mudar para tão longe da nossa casa, do meu rico corrimão e dos meus três melhores amigos, então, o que eu acho é que o meu pai devia pensar duas vezes se deve continuar neste emprego, tu não achas?

Nesse preciso momento, ouviu-se um estalido no corredor e Bruno viu a porta do quarto dos pais abrir-se ligeiramente. Ficou parado, incapaz de se mexer. A mãe ainda estava no andar de baixo, o que queria dizer que o pai estava ali mesmo ao lado e podia ter ouvido tudo o que Bruno tinha acabado de dizer. Olhava para a porta, sem se atrever a respirar, a pensar que o pai podia sair do quarto e levá-lo para baixo para terem uma conversa séria.

A porta abriu-se mais e Bruno recuou à medida que a figura se aproximava, mas não era o pai. Era um homem muito mais novo e não tão alto, mas usava o mesmo tipo de uniforme e não tinha tantas condecorações. Parecia muito sério e a boina encaixava-lhe firmemente na cabeça. Ao olhar-lhe para a parte da cabeça que estava à mostra, Bruno viu que o cabelo do homem era muito loiro, de um tom quase artificial. Levava uma caixa nas mãos e dirigia-se para as escadas, mas parou por um momento quando deu com Bruno a observá-lo. Olhou-o de cima a baixo, como se nunca tivesse visto uma criança e não estivesse bem certo do que fazer: comê-la, ignorá-la ou atirá-la aos pontapés pela escada abaixo. Mas limitou-se a fazer um cumprimento rápido com a cabeça e seguiu o seu caminho.

– Quem era aquele? – perguntou Bruno.

O rapaz parecia tão sério e ocupado que ele presumiu que devia ser alguém muito importante.

– Acho que é um dos soldados do seu pai – disse Maria, que se tinha mantido muito direita e com as mãos postas, como se estivesse a rezar, quando o jovem apareceu. Olhava para o chão em vez de olhar para a cara dele, como se tivesse medo de ser transformada em pedra, caso o fizesse. Só relaxou quando ele se foi embora. – A seu tempo vamos ficar a conhecê-lo.

– Acho que não gosto dele – disse Bruno. – Era muito sério.

– O seu pai também é muito sério – disse Maria.

– Sim, mas é meu pai – explicou Bruno. – Os pais devem ser sérios. Pouco importa se são merceeiros, professores, cozinheiros ou comandantes – disse ele, fazendo uma lista mental de todos os empregos que os pais normais e respeitáveis podiam ter e em cujos títulos ele tinha pensado mais de mil vezes. – Não acho que aquele homem se pareça com um pai, apesar de ser tão sério.

– Bem, eles têm empregos muito sérios – disse Maria com um suspiro. – Pelo menos, pensam que têm. Mas se eu fosse a si, afastava-me dos soldados.

– Não vejo mais nada para fazer – disse Bruno tristemente. – Acho que não vou ter ninguém com quem brincar a não ser a Gretel, e que piada é que isso tem, afinal? Ela é um Caso Perdido.

Sentiu que estava outra vez prestes a chorar, mas conteve-se. Não queria parecer um bebé à frente de Maria. Olhou em volta do quarto sem levantar por completo os olhos do chão, para ver se encontrava alguma coisa interessante. Não encontrou. Pelo menos, parecia não haver nada. Mas depois viu algo que lhe chamou a atenção. No canto do quarto, do lado oposto à porta, havia uma janela que começava no teto e vinha pela parede abaixo, uma janela um bocadinho parecida com a do último andar da casa de Berlim, mas não tão alta. Bruno olhou para ela e achou que seria capaz de ver lá para fora sem ser preciso pôr-se em bicos de pés.

Aproximou-se lentamente da janela, na esperança de conseguir ver Berlim: a sua casa, as ruas a toda a volta e as mesas onde as pessoas se sentavam a beberem as suas bebidas espumosas e a contarem histórias hilariantes umas às outras. Ia muito devagar, porque não queria ficar desiludido. Mas era apenas o quartinho de um rapaz e havia pouco para andar até à janela. Encostou a cara ao vidro e viu o que se passava lá fora. Mas, desta vez, quando arregalou os olhos e a boca se abriu de espanto, as mãos mantiveram-se imóveis junto ao corpo, pois algo o fez sentir-se muito frio e inseguro.

3

O CASO PERDIDO

Bruno tinha a certeza de que seria muito melhor terem deixado a Gretel em Berlim a tomar conta da casa, já que ela só arranjava problemas. De facto, ele já tinha ouvido descreverem-na muitas vezes como sendo "Só Problemas".

Gretel era três anos mais velha do que Bruno e tinha deixado bem claro, já há muito tempo, tanto quanto ele se conseguia lembrar, que no que tocava às coisas do dia-a-dia, principalmente às que diziam respeito aos dois, era ela quem mandava. Bruno não gostava de admitir que tinha um bocadinho de medo dela, mas se quisesse ser sincero consigo mesmo, o que ele tentava sempre ser, tinha de o admitir.

Ela tinha alguns hábitos desagradáveis, como seria de esperar das irmãs. Em primeiro lugar, passava muito tempo de manhã na casa de banho e pouco se importava que ele ficasse cá fora, aos saltinhos, à espera para entrar.

Tinha uma grande coleção de bonecas espalhada pelas prateleiras do quarto, dispostas de tal modo que, quando Bruno lá ia, elas ficavam a olhar para ele fixamente e a segui-lo para todo o lado, observando tudo o que fazia. Tinha a certeza de que se fosse explorar para o quarto da irmã quando ela não estivesse lá, as bonecas lhe iam contar tudo. Ela também tinha algumas amigas muito antipáticas, que pareciam achar o cúmulo da inteligência rirem-se dele, coisa que ele nunca faria se fosse três anos mais velho do que ela. Todas as amigas antipáticas de Gretel pareciam gostar apenas de o torturar e dizer-lhe coisas horríveis quando a mãe ou Maria não estavam por perto.

– O Bruno não tem nove anos, só tem seis – cantarolava vezes sem conta um certo monstro, dançando à volta dele e dando-lhe cotoveladas.

– Eu não tenho seis, tenho nove – protestava ele, tentando esquivar-se.

– Então porque é que és tão pequeno? – perguntava o monstro. – Todos os outros meninos de nove anos são maiores do que tu.

Isso era verdade e era também o ponto fraco de Bruno. O facto de não ser tão alto como os outros rapazes da turma era um desgosto para Bruno. Na verdade, Bruno apenas lhes dava pelo ombro. Quando ia pela rua com Karl, Daniel e Martin, as pessoas por vezes confundiam-no com o irmão mais novo de um deles, quando afinal ele era o segundo mais velho.

– Por isso, só deves ter seis – insistia o monstro, e Bruno fugia, ia fazer os exercícios de alongamento e uma bela manhã ia acordar com mais trinta ou quarenta centímetros.

Portanto, uma vantagem de não estar em Berlim era ninguém poder atormentá-lo mais. Se o obrigassem a ficar na casa nova por alguns dias, até mesmo um mês, talvez quando voltasse para casa já tivesse crescido um pouco mais e assim elas já não podiam ser más para ele. De qualquer modo, convinha lembrar-se disso, se quisesse fazer o que a mãe tinha sugerido e tirar o melhor partido das más situações.

Entrou de rompante no quarto de Gretel sem bater e deu com ela a colocar a sua coleção de bonecas nas prateleiras em volta do quarto.

– Que estás a fazer aqui? – gritou ela, rodopiando. – Não sabes que não se entra no quarto de uma senhora sem bater?

– Não trouxeste as tuas bonecas todas, pois não? – perguntou Bruno, que já se tinha habituado a ignorar a maior parte das perguntas que a irmã fazia e a fazer algumas por conta própria.

– Claro que trouxe – respondeu ela. – Achas que ia deixá-las em casa? Sim, porque podem passar semanas até voltarmos.

– Semanas? – exclamou Bruno, aparentemente desiludido, mas no fundo contente, pois já se tinha resignado à ideia de passar ali um mês. – Achas mesmo?

– Bem, eu perguntei ao pai e ele disse que íamos ficar aqui nos próximos tempos.

– O que significa exatamente isso de "próximos tempos"? – perguntou Bruno, sentando-se na cama dela.

– Significa "as próximas semanas" – disse Gretel, acenando a cabeça com um ar sabedor. – Talvez três.

– Então, está bem – disse Bruno. – Desde que seja nos próximos tempos e não um mês. Detesto isto aqui.

Gretel olhou para o irmão mais novo e, desta vez, deu consigo a concordar com ele.

– Percebo o que queres dizer – disse ela. – Não é lá muito agradável, pois não?

– É horrível – disse Bruno.

– Bem, lá isso é verdade – admitiu. – É horrível, agora. Mas, assim que a casa estiver mais bem arranjada, provavelmente já não parece tão má. Ouvi o pai a dizer que quem quer que tenha vivido aqui em Acho-Vil antes de nós, foi logo mandado embora muito depressa e não teve tempo de deixar a casa arranjada.

– Acho-Vil? – exclamou Bruno. – O que é um Acho-Vil?

– Não é *um* Acho-Vil, Bruno – explicou Gretel com um suspiro. – É só Acho-Vil.

– Bem, então o que é Acho-Vil? – insistiu Bruno. – Acho-Vil o quê?

– É o nome da casa – explicou Gretel. – Acho-Vil.

Bruno pôs-se a pensar. Não tinha visto lá fora nenhuma placa que dissesse que era assim que se chamava, nem tinha visto

29

nada escrito na porta. A casa dele em Berlim nem sequer tinha nome, era apenas o número quatro.

– Mas o que é que isso significa? – perguntou, exasperado.

– Acho-Vil o quê?

– O homem que vivia aqui antes de nós, acho eu – disse Gretel. – Deve ter sido por ele não ter feito o seu trabalho bem feito, e então alguém disse que o achava vil e tratou de arranjar outro que fizesse um trabalho em condições.

– Queres tu dizer o pai?

– Claro – disse Gretel, que falava sempre do pai como se ele nunca fizesse nada de errado, nem nunca se zangasse e viesse sempre dar-lhe um beijo de boa-noite antes de ela ir para a cama.

E Bruno, se quisesse mesmo ser justo, teria de admitir que era o mesmo que o pai lhe fazia a ele.

– Portanto, estamos aqui em Acho-Vil porque alguém achou que o homem que cá morava antes era vil, quer dizer, mau?

– Exatamente, Bruno – disse Gretel. – E agora sai de cima da minha colcha, estás a amarrotá-la.

Bruno saltou da cama para aterrar com um baque em cima do tapete. Não gostou do som que fez. Era muito oco, por isso decidiu imediatamente que o melhor era não saltar muitas vezes, senão a casa ainda vinha abaixo.

– Não gosto disto aqui – disse ele pela centésima vez.

– Eu sei que não – disse Gretel. – Mas não há nada que a gente possa fazer, pois não?

– Tenho saudades do Karl, do Daniel e do Martin – confessou Bruno.

– E eu da Hilda, da Isobel e da Louise – disse Gretel, e Bruno tentou lembrar-se de qual das três era o monstro.

– Os outros miúdos não me parecem nada simpáticos – disse Bruno.

Gretel parou imediatamente antes de arrumar uma das suas bonecas mais terríveis, para se virar para ele admirada.

– O que é que tu disseste? – perguntou ela.

– Disse que os outros miúdos não me parecem nada simpáticos – repetiu.

– Os outros miúdos? – perguntou ela, parecendo confusa. – Que outros miúdos? Eu não vi miúdos nenhuns.

Bruno olhou à sua volta. Havia uma janela, mas o quarto de Gretel ficava do lado oposto do corredor, em frente ao dele, e por isso a janela dava para uma direção completamente diferente. Pondo o ar mais descontraído possível, de mãos nos bolsos dos calções e sem olhar para a irmã, começou a dirigir-se para a janela tentando assobiar uma canção que conhecia.

– Bruno – disse Gretel –, mas que raio estás tu a fazer? Enlouqueceste?

Ele continuou a avançar e a assobiar, sem se dignar a olhar para ela, até chegar à janela, que, por sorte, era suficientemente baixa para a altura dele. Bruno olhou lá para fora e viu o carro onde tinham vindo, além de outros três ou quatro pertencentes aos soldados que trabalhavam para o pai, alguns dos quais andavam por ali a fumar cigarros e a rir, sabe-se lá de quê, enquanto olhavam nervosamente para a casa. Atrás deles ficava o acesso à garagem e, mais ao fundo, a floresta, que parecia estar pronta para ser explorada.

– Bruno, queres fazer o favor de me explicar o que quiseste dizer com essa última afirmação? – perguntou Gretel.

– Há ali uma floresta – disse Bruno, ignorando-a.

– Bruno! – gritou Gretel, impaciente, avançando para ele com tal ímpeto que ele saiu da janela e encostou-se à parede.

– O que foi? – perguntou ele, como se não soubesse do que ela estava a falar.

– Os outros miúdos – disse Gretel. – Disseste que não pareciam nada simpáticos.

– E não parecem – afirmou Bruno, não querendo julgá-los antes de os conhecer; mas pelo aspeto... algo que a mãe lhe tinha dito vezes sem conta para não fazer.

– Mas quais miúdos? – perguntou Gretel. – Onde é que eles estão?

Bruno sorriu e dirigiu-se para a porta fazendo sinal a Gretel para vir com ele. Ela obedeceu, com um suspiro profundo, parando a meio do caminho para pôr a boneca em cima da cama, mas logo a seguir mudou de ideias, pegando nela e apertando-a contra o peito enquanto entrava no quarto do irmão, para quase se estatelar ao dar um encontrão em Maria, que vinha a sair com uma coisa na mão que parecia um rato morto.

– Estão lá fora – disse Bruno, que tinha ido de novo até à sua janela.

Nem olhou para trás para se certificar de que Gretel estava no quarto, tão ocupado que estava a observar as crianças. Por momentos, até se esqueceu de que ela lá estava.

Gretel estava ainda longe da janela e queria desesperadamente ver com os seus próprios olhos, mas havia algo na voz dele e no modo como olhava lá para fora que a deixaram muito nervosa. Bruno nunca tinha conseguido enganá-la em nada e ela tinha a certeza absoluta de que agora ele não estava a enganá-la. No entanto, havia qualquer coisa na maneira como ele estava ali parado que a fazia duvidar de querer mesmo ver os tais miúdos. Engoliu em seco, nervosa, e rezou baixinho para que regressassem a Berlim nos próximos dias e não daí a um mês, como Bruno tinha dito.

– Então? – exclamou ele, virando-se e vendo a irmã à porta, agarrada à boneca, com as suas tranças perfeitas e douradas a balançarem sobre cada ombro, prontinhas para serem puxadas. – Não os queres ver?

– Claro que quero! – disse ela, aproximando-se hesitante. – Sai daí, então – acrescentou, empurrando-o com o cotovelo.

Estava um dia radioso naquela primeira tarde em Acho-Vil e o Sol reapareceu por detrás de uma nuvem assim que Gretel assomou à janela, mas logo a seguir os seus olhos ajustaram-se e o Sol desapareceu outra vez, e foi então que ela viu exatamente aquilo a que Bruno se referia.

4

O QUE ELES VIRAM DA JANELA

Para começar, nem sequer eram miúdos. Pelo menos, nem todos. Havia rapazes, pequenos e grandes, e também pais e avós. Se calhar, alguns tios também. E pessoas daquelas que vivem sozinhas por aí e que parecem não ter família. Eram assim.

– Quem são aqueles? – perguntou Gretel, boquiaberta, tão estupefacta como o irmão andava nos últimos dias. – Que sítio é este?

– Não sei bem – disse Bruno, tentando ser tão verdadeiro quanto possível. – A única coisa que sei é que isto não é como a nossa casa.

– E onde estão as raparigas? – perguntou ela. – As mães e as avós?

– Talvez vivam noutro lado – sugeriu Bruno.

Gretel concordou. Ela não queria ficar ali especada a olhar, mas não conseguia desviar os olhos. Até àquele momento, tudo o que tinha visto era a floresta em frente à sua janela, um bocado lúgubre, é certo, mas onde se podia fazer piqueniques caso se encontrasse uma clareira. Mas deste lado da casa o panorama era muito diferente.

À primeira vista, parecia ser minimamente agradável. Mesmo por baixo da janela de Bruno havia um jardim bastante grande e cheio de flores que cresciam em talhões muito direitinhos e bem cuidados. Parecia que tinham sido lá postas por alguém que sabia que plantar flores num sítio daqueles era uma coisa boa. Era como pôr uma velinha acesa na esquina de um gigantesco castelo à beira de um pântano enevoado numa noite escura de inverno. Por trás das flores havia um passeio com um banco de madeira, onde Gretel se imaginava sentada ao Sol a ler um livro. Esse banco tinha uma placa, mas àquela distância ela não conseguia ler o que lá estava escrito. Ficava virado para a casa, o que não era normal, só que, neste caso, era perfeitamente compreensível.

Porém, um pouco mais para lá das flores e do banco com a placa tudo mudava. Havia uma grande vedação de arame que se estendia não só ao longo de toda a casa, mas até se perder de vista em ambas as direções. A vedação era mesmo muito alta, ainda mais alta do que a casa onde eles estavam, e havia postes de madeira igualmente altos, como os do telégrafo, a sustentá-la a intervalos regulares. Por cima da vedação, estavam estendidos em espiral rolos de arame farpado e, ao olhar para os picos afiados, Gretel sentiu no íntimo uma dor inesperada.

Para lá da vedação já não havia relva. De facto, não se via nada verde em mais lado nenhum. O chão estava coberto de uma substância parecida com areia e até onde a vista alcançava só havia barracões baixos e grandes edifícios quadrados espalhados por todo o lado. Ao longe viam-se também alguns montes a fumegarem. Gretel abriu a boca para falar, mas quando ia a fazê-lo apercebeu-se de que não conseguia encontrar palavras que exprimissem a sua surpresa e fez a única coisa que lhe pareceu sensata: voltou a fechá-la.

— Vês? — disse Bruno do canto do quarto, muito sereno e todo satisfeito consigo próprio, porque o que quer que estivesse lá fora, e quem quer que eles fossem, ele tinha visto primeiro, e podia ver sempre que lhe apetecesse, porque estavam do lado da

janela do seu quarto e não da do quarto dela e, por isso, perten-
ciam-lhe e ele era o rei de tudo o que avistavam e ela era a sua
humilde súbdita.

– Não percebo – disse Gretel. – Quem é que terá construído
um lugar que parece ser tão horrível?

– Este lugar é mesmo horrível, não é? – concordou Bruno.
– Acho que os barracões só têm um andar. Vê como são baixos!

– Deve ser algum novo tipo de casas – disse Gretel. – O pai
detesta coisas modernas.

– Então não vai gostar nada destas – disse Bruno.

– Pois não – retorquiu ela, ficando parada por mais algum
tempo a olhar para os barracões. Tinha doze anos e era uma das
melhores alunas da turma. Apertou por isso os lábios e semicerrou os olhos, esforçando-se por compreender aquilo que via. Finalmente, conseguiu arranjar uma explicação. – Isto é que deve ser
o campo – disse Gretel, voltando-se triunfante para o seu irmão.

– O campo?

– Claro, não vês? É a única explicação. Quando estamos em
casa, em Berlim, estamos na cidade. É por isso que há tanta gente
e tantas casas e as escolas estão cheias, e é por isso que não consegues chegar ao centro da cidade ao sábado à tarde sem levares
encontrões de todos os lados.

– Sim – respondeu Bruno, acenando com a cabeça, tentando
acompanhar o raciocínio.

– Mas nós aprendemos nas aulas de Geografia que no campo, onde estão os agricultores e os animais, e onde se cultivam os
alimentos, existem grandes áreas como esta onde as pessoas vivem
e trabalham e de onde nos mandam os alimentos. – Ela olhou
novamente pela janela para a grande área que se estendia diante
dos seus olhos e para o espaço entre cada um dos barracões. –
Deve ser isso. É o campo. Se calhar, esta é a nossa casa de férias
– acrescentou, esperançada.

Bruno pensou, pensou, e abanou a cabeça.

– Eu não acho – disse com convicção.

– Tu tens nove anos – resmungou Gretel. – Como é que podes saber? Quando fores da minha idade vais perceber estas coisas muito melhor.

– Talvez – disse Bruno, que sabia que era mais novo, mas não achava que isso o fizesse perder a razão. – Mas se é o campo, como tu dizes, onde estão os animais?

Gretel abriu a boca para lhe responder, mas não conseguiu pensar numa resposta adequada. Então, espreitou novamente pela janela para os procurar, mas não descobriu nenhum.

– Se isto fosse uma quinta, devia haver vacas, porcos, ovelhas e cavalos – disse Bruno. – Já para não falar nas galinhas e nos patos.

– E não há nem um – admitiu Gretel baixinho.

– E se aqui cultivassem alimentos, como tu disseste – continuou Bruno, saboreando o momento –, parece-me que a terra tinha de estar em melhor estado, não achas? Não me parece que se possa plantar alguma coisa no meio daquela porcaria toda.

Gretel olhou outra vez e concordou, pois não era assim tão pateta ao ponto de teimar que tinha razão quando todos os argumentos estavam contra ela.

– Nesse caso, talvez não seja uma quinta – disse ela.

– E não é – concordou Bruno.

– O que quer dizer que talvez isto não seja o campo – continuou Gretel.

– Pois, também acho que não – respondeu ele.

– O que quer dizer que, afinal, talvez esta também não seja a nossa casa de férias – concluiu ela.

– Acho que não – disse Bruno.

Sentou-se na cama e, por um momento, tudo o que queria era que Gretel se sentasse ao seu lado, o abraçasse e lhe dissesse que ia correr tudo bem e que, mais cedo ou mais tarde, eles haviam de gostar daquele sítio e já não iam querer voltar para Berlim. Mas ela continuava a olhar lá para fora e desta vez não era para as flores, nem para o passeio, nem para o banco com a placa, nem para a vedação gigantesca e os postes de telégrafo, nem para os rolos de arame farpado ou para a terra árida do outro lado, nem para os barracões ou os edifícios baixos, nem para os montes que deitavam fumo; ela estava a olhar para as pessoas.

– Quem são aquelas pessoas? – perguntou em voz baixa, quase como se não estivesse a fazer a pergunta a Bruno, mas a alguém que lhe soubesse dar uma resposta. – E o que estão ali a fazer?

Bruno aproximou-se da janela e pela primeira vez ficaram juntos, lado a lado, espantados com o que se passava a poucos metros de distância da sua nova casa.

Para onde quer que olhassem viam pessoas, altas, baixas, velhas, novas, a andar de um lado para o outro. Umas em grupos, totalmente imóveis, com os braços caídos ao longo do corpo, tentando manter a cabeça direita enquanto um soldado marchava à frente delas com a boca a abrir e a fechar tão depressa que parecia estar a gritar com elas. Outras pareciam um grupo de condenados acorrentados uns aos outros e a empurrar carrinhos de mão de um lado para o outro do campo, surgindo de um sítio que não se via e levando os carrinhos muito para além dos barracões, onde desapareciam de novo. Outras deixavam-se ficar perto dos barracões em pequenos grupos, de olhos postos no chão, como se estivessem a jogar um jogo no qual não queriam ser encontrados. Outras andavam de muletas e tinham ligaduras à volta da cabeça. Outras ainda, de pás ao ombro, eram levadas por grupos de soldados para um sítio que eles já não conseguiam ver.

Bruno e Gretel estavam a ver centenas de pessoas, mas havia tantos barracões e o campo estendia-se por uma área tão grande que parecia haver ali milhares delas.

– E vivem todas tão perto de nós – disse Gretel, franzindo a testa. – Em Berlim, na nossa rua, tão sossegada, só havia seis casas. E aqui há tantas. Porque será que o pai aceitou este novo emprego num sítio tão feio e com tantos vizinhos? Não faz sentido.

– Olha para ali – disse Bruno.

Gretel olhou para onde ele estava a apontar e viu, a sair de um dos barracões mais distantes, um grupo de crianças agarradas umas às outras e soldados a gritarem com elas. E quanto mais eles gritavam, mais elas se apertavam, até que um dos soldados avançou para elas e elas se afastaram e fizeram aquilo que eles queriam que elas fizessem desde o início, que era formarem uma fila única. Quando o fizeram, os soldados desataram a rir e a bater palmas.

– Deve ser uma espécie de ensaio – sugeriu Gretel, ignorando o facto de algumas delas, até mesmo as mais velhas, até aquelas que eram da sua idade, parecerem estar a chorar.

– Eu bem te disse que havia miúdos – disse Bruno.

– Mas não o tipo de miúdos com quem eu queira brincar – disse Gretel com determinação. – Parecem tão sujos. A Hilda, a Isobel e a Louise tomam banho todos os dias, e eu também. Parece que aqueles miúdos nunca tomaram um banho na vida.

– Realmente, não me parece que aquele lado esteja muito limpo – disse Bruno. – Mas será que têm banheira?

– Não sejas estúpido – disse Gretel, apesar de lhe terem dito montes de vezes que não podia chamar estúpido ao irmão. – Que tipo de pessoas é que não têm banheira?

– Sei lá – disse Bruno. – Aquelas que não têm água quente?

Gretel olhou por mais uns instantes antes de estremecer e virar as costas.

– Vou voltar para o meu quarto e arrumar as minhas bonecas – disse ela. – Daquele lado a vista é bem mais agradável.

E dizendo isto foi-se embora. Atravessou o corredor, entrou no quarto e fechou a porta, mas não começou logo a arrumar as bonecas, indo sentar-se na cama a pensar num monte de coisas.

Um último pensamento assaltou a mente do irmão enquanto ele observava todas aquelas centenas de pessoas a andarem de um lado para o outro, e esse pensamento era o facto de todos eles – os miúdos mais pequenos, os mais crescidos, os pais, os avós, os tios e todos os que andavam por ali sozinhos e que pareciam não ter família – usarem roupas iguais: um pijama às riscas cinzentas e um barrete na cabeça, também às riscas cinzentas.

– Que coisa extraordinária – disse ele baixinho, antes de voltar as costas à janela.

5

ACESSO INTERDITO A TODAS AS HORAS SEM EXCEÇÃO

Só havia uma coisa a fazer: falar com o pai.
O pai não tinha vindo com eles no carro, quando saíram de Berlim. Tinha saído uns dias antes, na noite do dia em que Bruno tinha chegado a casa e encontrado Maria a mexer nas suas coisas, até mesmo aquelas que ele tinha escondido atrás de tudo e que eram dele e só dele e não diziam respeito a mais ninguém.

Nos dias que se seguiram, a mãe, assim como Gretel, Maria, a cozinheira, Lars e o próprio Bruno tinham passado o tempo todo a encaixotar e a carregar tudo num grande camião para seguirem para a casa nova em Acho-Vil.

Foi nessa última manhã, quando a casa estava vazia e já nem sequer parecia a casa deles, que as últimas coisas foram metidas em malas e um carro oficial com bandeirinhas vermelhas e pretas na parte da frente parou à porta e os levou.

A mãe, Maria e Bruno tinham sido os últimos a sair de casa. Depois de um último olhar ao corredor vazio onde tinham passado momentos tão felizes (o local onde costumava ficar a árvore de Natal em dezembro, o sítio onde os guarda-chuvas molhados eram pousados durante os meses de inverno e o sítio onde Bruno deveria deixar os sapatos enlameados quando chegava a casa, mas nunca deixava), a mãe tinha abanado a cabeça e dito uma coisa muito estranha, sem se aperceber de que a criada ainda ali estava.

– Nunca devíamos ter convidado o Fúria para jantar. Que mania que certas pessoas têm de subir na carreira!

E quando, depois deste desabafo, ela se virou, Bruno viu que ela estava com lágrimas nos olhos e que deu um salto quando viu Maria parada a olhar para ela.

– Maria – disse a mãe, num tom assustado –, pensei que estavas no carro.

– Já estou a ir para lá, minha senhora – disse Maria.

– Quer dizer, eu… – começou a mãe, e depois abanou a cabeça e recomeçou: – Eu não quis dizer que…

– Já estou a ir, minha senhora – repetiu Maria, que não devia conhecer a regra de não interromper a mãe, e saiu rapidamente em direção ao carro.

A mãe tinha franzido o sobrolho, mas depois encolheu os ombros como se nada daquilo tivesse agora qualquer importância.

– Vamos lá, Bruno – disse ela, pegando-lhe na mão e trancando a porta. – Vamos ter esperança, e havemos de voltar para cá quando tudo isto acabar.

O carro oficial com as bandeirinhas na parte da frente tinha-os levado à estação de comboios, onde havia duas linhas separadas por uma plataforma muito larga com um comboio parado de cada lado à espera dos passageiros. Como havia muitos soldados a marcharem do outro lado da plataforma e uma barraca enorme, que era do chefe da estação, a separar as duas linhas, Bruno só se tinha apercebido das multidões uns minutos antes de ele e a família embarcarem num comboio muito confortável e com poucos passageiros, cheio de lugares vazios, e de ar fresco quando se abriam as janelas. Se os comboios fossem partir em direções opostas, pensou ele, não teria achado tão estranho, mas não, estavam ambos virados para leste. Por um segundo, ainda pensou atravessar a plataforma a correr e ir dizer às pessoas que estavam do outro lado que havia montes de lugares vazios na sua carruagem, mas achou melhor não o fazer pois algo lhe dizia que se isso não irritasse a mãe, ia provavelmente deixar a Gretel furiosa, o que era ainda pior.

Desde que tinham chegado a Acho-Vil e à nova casa, Bruno ainda não tinha visto o pai. Pensara que era ele que entrava no seu quarto mais cedo, quando ouviu a porta ranger, mas afinal era aquele soldado antipático que tinha fitado Bruno com olhos gélidos. Ainda não tinha ouvido a voz grave do pai nem os passos pesados das suas botas no soalho, lá em baixo. Mas havia pessoas a entrarem e a saírem, e enquanto se debatia com o que fazer a seguir, ouviu um alvoroço vindo do rés-do-chão e correu para a escada para ver o que se passava.

À porta do escritório do pai, que estava aberta, encontravam--se cinco homens a rirem e a trocarem apertos de mãos. O pai estava no meio deles, muito elegante no seu uniforme acabado de engomar. O cabelo preto e farto tinha obviamente acabado de ser penteado com brilhantina e Bruno olhava-o lá de cima sentindo medo e respeito ao mesmo tempo. Não gostava tanto do olhar dos outros homens. Não eram tão bonitos como o pai. Nem os seus uniformes estavam tão bem engomados. Nem as suas vozes eram tão graves, nem as suas botas estavam tão bem engraxadas. Todos tinham os bonés debaixo do braço e pareciam lutar entre eles para atraírem a atenção do pai. Bruno apenas conseguia perceber algumas frases do que eles diziam.

– ... cometido erros desde que aqui chegou. Chegou ao ponto de o Fúria não ter outro remédio senão... – disse um deles.

– ... disciplina! – disse outro. – E eficiência. Falta-nos eficiência desde o princípio de quarenta e dois, e sem isso...

– ... é óbvio, é óbvio o que os números nos dizem. É claro, Comandante... – disse o terceiro.

– ... e se construirmos outro – disse o último –, imagine o que poderíamos fazer depois... imagine só...!

O pai levantou a mão, silenciando-os. Era como se ele fosse o condutor de um quarteto de vozes.

– Meus senhores – disse ele, e desta vez Bruno ouviu todas as palavras, porque ainda estava para nascer um homem com maior capacidade de se fazer ouvir do que o seu pai. – As vossas sugestões e o vosso estímulo são muito bem-vindos. Mas o passado é passado. Aqui teremos um novo começo, mas só a partir de amanhã. Por agora é melhor eu ajudar a minha família a instalar-se, caso contrário vou arranjar mais problemas do que os que estão do outro lado, percebem?

Os homens desataram a rir e despediram-se com um aperto de mão. À medida que iam saindo, iam colocando-se em linha e saudaram-no com aquele movimento do braço que o pai tinha ensinado Bruno a fazer, com a palma da mão estendida, movendo-se do peito para a frente num movimento cortante, ao mesmo tempo que gritavam aquelas duas palavras que tinham ensinado a Bruno e que ele deveria dizer quando alguém lhas dizia também. Depois saíram e o pai regressou ao escritório, que era de "Acesso Interdito a Todas as Horas Sem Exceção".

Bruno desceu as escadas devagar e hesitou um momento junto à porta. Estava triste, porque o pai não tinha ido dizer-lhe olá apesar de já ter chegado há mais de uma hora, mas já lhe tinham explicado que o pai estava sempre muito ocupado e não podia ser incomodado com coisas insignificantes como dizer-lhe olá a toda a hora. Mas agora os soldados tinham-se ido embora e não faria mal se ele batesse à porta.

Em Berlim, Bruno apenas tinha entrado no escritório do pai meia dúzia de vezes e normalmente era por ter feito algum disparate e ser preciso ter uma conversa séria com ele. Contudo, a regra que se aplicava ao escritório do pai em Berlim era uma das mais importantes que ele tinha aprendido e ele não era pateta ao ponto de pensar que essa regra não se aplicaria também em Acho-Vil. Mas como eles já não se viam há algum tempo, achou que ninguém se ia importar se batesse à porta agora.

Por isso, bateu à porta devagar. Duas vezes e baixinho. Talvez o pai não tivesse ouvido, talvez Bruno não tivesse batido com força suficiente, mas não veio ninguém abrir, e Bruno bateu outra vez, agora com mais força, e assim que o fez, ouviu a voz grave do pai dizer:

– Entre!

Bruno rodou a maçaneta da porta, entrou e assumiu a sua posição de braços ligeiramente afastados do corpo, olhos arregalados e boca aberta de espanto. O resto da casa até podia ser um bocado escura e deprimente e sem grandes possibilidades de exploração, mas esta sala era outra coisa. O teto era altíssimo e Bruno pensou que ainda se podia afundar na carpete que tinha debaixo dos seus pés. As paredes mal se viam, cobertas de prateleiras de mogno cheias de livros, como as que havia na biblioteca da casa de Berlim. Na parede à sua frente havia grandes janelas que davam para o jardim, com espaço para colocar junto delas um cadeirão confortável e, no meio de tudo isto, estava o pai, que, quando Bruno entrou, levantou os olhos dos seus papéis e abriu um sorriso rasgado.

– Bruno – disse o pai, saindo de trás da secretária e dando-lhe um forte aperto de mão, pois o pai não era pessoa de dar abraços, ao contrário da mãe ou da avó, que lhe davam imensos, complementando-os com beijos babosos. – Meu rapaz – acrescentou o pai passado um momento.

– Olá, pai – disse Bruno baixinho, um pouco intimidado pelo esplendor da sala.

– Bruno, ia subir daqui a pouco para te ver, juro que ia – disse o pai. – Tinha só de terminar uma reunião e escrever uma carta. E então, chegaram bem?

– Sim, pai – disse Bruno.

– Ajudaste a tua mãe e a tua irmã a fechar a casa?

– Sim, pai – respondeu Bruno.

– Então estou orgulhoso de ti – disse o pai, satisfeito. – Senta-te, rapaz.

Apontou-lhe uma ampla poltrona que estava virada para a sua secretária e Bruno trepou para cima dela (os seus pés não tocavam no chão) enquanto o pai regressava à sua cadeira e ficava a olhá-lo. Nada disseram durante alguns segundos até que, finalmente, o pai quebrou o silêncio.

– Então, o que achas?

– O que eu acho? – disse Bruno. – O que eu acho de quê?

– Da casa nova. Gostas?

– Não – respondeu Bruno muito depressa, pois tentava sempre ser honesto e, se hesitasse, por um momento que fosse, não teria coragem para dizer o que realmente pensava. – Acho que devíamos voltar para a nossa casa – acrescentou corajosamente.

O sorriso do pai desvaneceu-se um pouco e os seus olhos pousaram na carta que estava a escrever antes de voltar a olhar para cima, como se pensasse cuidadosamente na resposta.

– Bem, nós estamos em casa, Bruno – disse finalmente com voz meiga. – Acho-Vil é a nossa nova casa.

– Mas quando é que podemos voltar para Berlim? – perguntou Bruno com o coração desanimado. – Lá é muito melhor.

– Então, então – disse o pai, recusando-se a aceitar tal resposta. – Isso não é coisa que se diga – acrescentou. – Uma casa não é um edifício, nem uma rua, nem uma cidade, não é só tijolos e argamassa. Uma casa é onde está a nossa família, não é verdade?

– Sim, mas…

– E a nossa família está aqui, Bruno. Em Acho-Vil. *Ergo*, esta tem de ser a nossa casa.

Bruno não percebia o que "ergo" queria dizer, mas não precisava porque tinha uma resposta muito inteligente para dar ao pai.

– Mas o avô e a avó estão em Berlim – disse ele – e eles também são a nossa família. Por isso, isto aqui não pode ser a nossa casa.

O pai levou a resposta em consideração e meneou a cabeça, fazendo um compasso de espera antes de responder:

– Sim, Bruno, são da nossa família. Mas tu e eu, a mãe e a Gretel somos as pessoas mais importantes da nossa família e é aqui que vivemos agora. Em Acho-Vil. Vá, não fiques triste! – Porque Bruno estava com uma tristeza inconfundível estampada no rosto. – Ainda não lhe deste uma oportunidade. Até podes vir a gostar de estar aqui.

– Eu não gosto de estar aqui – insistiu Bruno.

– Bruno... – disse o pai com a voz cansada.

– O Karl não está aqui e o Daniel não está aqui e o Martin também não está aqui e não há mais casas à nossa volta, nem bancas de fruta e vegetais, nem ruas nem cafés com esplanadas, nem ninguém para nos dar encontrões ao sábado à tarde.

– Bruno, às vezes, na vida há coisas que não podemos escolher, mas que temos na mesma de fazer – disse o pai, e Bruno percebeu que ele não estava a gostar nada da conversa. – E lamento que esta seja uma delas. Este é o meu trabalho, e é um trabalho importante. Importante para o país. Importante para o Fúria. Um dia vais compreender.

– Quero ir para casa – disse Bruno.

Sentia as lágrimas prestes a rebentar e não queria mais nada a não ser que o pai percebesse como Acho-Vil era um lugar horrendo e concordasse que estava na hora de se irem embora.

– Tens de perceber que esta é a tua casa – disse ele, contrariando o desejo de Bruno. – E vai sê-lo nos próximos tempos.

Bruno fechou os olhos por um momento. Não tinham sido muitas as vezes em que tinha insistido tanto para levar a sua avante, e certamente nunca tinha ido ter com o pai com tanta vontade de o fazer mudar de ideias, mas só a ideia de ficar ali, de ter de viver num sítio tão horrível onde não havia ninguém com quem brincar, era de mais. Quando voltou a abrir os olhos um segundo depois, o pai tinha saído de trás da secretária e tinha-se sentado noutra poltrona a seu lado. Bruno observou-o enquanto ele abria a caixa prateada, tirava um cigarro e batia com ele na mesa antes de o acender.

– Lembro-me de quando era criança e havia certas coisas que eu não queria fazer – disse o pai –, mas quando o meu pai me dizia que era melhor para todos se eu as fizesse, por muito que me custasse, eu fazia-as.

– Que tipo de coisas? – perguntou Bruno.

– Sei lá – respondeu o pai, encolhendo os ombros. – Isso não importa. Eu era apenas uma criança e não sabia o que era melhor. Por exemplo, às vezes não queria ficar em casa a fazer os deveres. Queria ficar na rua a brincar com os meus amigos, tal como tu, e agora olho para trás e vejo como estava errado.

– Então percebe aquilo que sinto – disse Bruno, esperançado.

– Percebo, mas também sei que o meu pai, o teu avô, sabia o que era melhor para mim e que eu era sempre mais feliz quando o fazia. Achas que eu teria tido tanto sucesso na vida se não tivesse aprendido quando devia falar e quando devia calar-me e acatar ordens? Então, Bruno? Achas?

Bruno olhou à sua volta. O seu olhar fixou-se na janela do canto da sala, através da qual podia ver a horrível paisagem.

– Fez alguma coisa de errado, pai? – perguntou, passado um momento. – Alguma coisa que tivesse irritado o Fúria?

– Eu? – disse o pai, olhando-o com surpresa. – Que queres dizer com isso?

– Se fez alguma coisa errada no trabalho! Eu sei que toda a gente diz que é uma pessoa importante e que o Fúria tem grandes planos para si, mas ele não o ia mandar para um sítio como este se não tivesse feito alguma coisa que o levasse a castigá-lo.

O pai riu-se, o que aborreceu Bruno ainda mais. Não havia nada que o deixasse mais furioso do que um adulto rir-se dele quando ele não sabia as coisas. Ainda por cima quando ele tentava encontrar a resposta para essas perguntas.

– Não percebes o significado desta posição – disse o pai.

– Bem, eu acho é que não se deve ter portado assim tão bem no seu trabalho, se tivemos de nos mudar de uma casa tão boa e de deixar os nossos amigos para vir para um sítio tão horrível. Eu acho que fez alguma coisa errada e que devia ir pedir desculpas ao Fúria e talvez assim ele acabasse com isto. Talvez ele lhe perdoasse se o pai fosse mesmo sincero.

As palavras já lhe tinham saído da boca antes de ele se aperceber se tinham ou não sido sensatas, pois assim que as ouviu não lhe pareceu ser o tipo de coisa que ele devesse dizer ao pai; mas lá estavam elas, já tinham sido ditas e já nada podia fazer para as desdizer. Bruno engoliu em seco nervosamente e, após uns minutos de silêncio, olhou para o pai que o fitava, estupefacto. Bruno humedeceu os lábios e desviou o olhar. Achou que não seria boa ideia olhar o pai nos olhos.

Depois de uns desconfortáveis minutos de silêncio, o pai levantou-se muito devagar e voltou para trás da secretária, pondo o cigarro no cinzeiro.

– Pergunto-me se isso é tudo coragem – disse ele, após um momento, como se estivesse a debater o assunto na sua cabeça – ou simplesmente irreverência. Talvez isso até não seja mau…

– Eu não queria…

– Mas agora vais ficar calado – disse o pai, levantando a voz para o interromper, porque nenhuma das regras da família se aplicava a ele. – Procurei respeitar os teus sentimentos, Bruno, porque sei que esta mudança é muito difícil para ti. Ouvi tudo o que disseste, embora a tua juventude e a tua inexperiência te levem a dizer as coisas de um modo muito insolente. E deves ter reparado que não reagi a nada. Mas agora chegou a altura de aceitares que…

– Eu não quero aceitar nada! – gritou Bruno, piscando os olhos, surpreendido, pois não sabia que ia gritar tão alto.

De facto, para ele era uma surpresa. Estava tenso e preparado para fugir, se fosse preciso. Mas hoje nada parecia irritar o pai, e se Bruno fosse sincero, teria de admitir que o pai raramente se irritava; ficava calado e distante e, fosse como fosse, levava sempre a sua avante, e em vez de gritar com ele ou correr atrás dele pela casa fora, abanou simplesmente a cabeça, indicando que a discussão tinha chegado ao fim.

– Vai para o teu quarto, Bruno – disse o pai, numa voz tão baixa que Bruno percebeu logo que ele estava a falar a sério. Por isso, levantou-se com lágrimas de frustração a formarem-se-lhe nos olhos. Dirigiu-se para a porta, mas antes de a abrir virou-se para fazer uma última pergunta.

– Pai? – começou.

– Bruno, eu não vou... – começou o pai, já irritado.

– Não é isso – disse Bruno rapidamente. – Só quero fazer mais uma pergunta.

O pai suspirou, mas deu-lhe a entender que deveria fazer a pergunta e que depois o assunto ficaria encerrado, sem mais discussões.

Bruno pensou na sua pergunta, pois queria fazê-la da forma certa, de maneira a que não parecesse rude ou pouco cooperante.

– Quem são aquelas pessoas lá fora? – perguntou finalmente.

O pai inclinou a cabeça para a esquerda, parecendo um pouco confuso com a pergunta.

– Soldados, Bruno – disse ele. – E secretárias. Pessoal administrativo. Claro que já os viste antes.

– Não, não são esses – disse Bruno. – As pessoas que eu vejo da minha janela. Lá ao longe, nos barracões. Todas vestidas de igual.

– Ah, essas pessoas – disse o pai, meneando a cabeça e sorrindo ligeiramente. – Essas pessoas... bem, nem sequer são pessoas, Bruno.

Bruno franziu o sobrolho.

– Não são? – perguntou, não tendo a certeza do que o pai queria dizer com aquilo.

– Bem, pelo menos, no modo como nós entendemos o termo – continuou o pai. – Mas não tens de te preocupar com elas. Não têm nada a ver contigo. Não tens absolutamente nada em comum com elas. Instala-te na tua casa nova e porta-te bem, é tudo o que te peço. Aceita a situação em que te encontras e tudo será mais fácil.

– Sim, pai – disse Bruno, insatisfeito com a resposta.

Abriu a porta e o pai chamou-o outra vez. Estava agora de pé e com uma sobrancelha levantada, como se se tivesse esquecido de alguma coisa. Bruno lembrou-se, assim que o pai fez o sinal e disse a frase, e fez exatamente como ele.

Juntou os pés e lançou o braço direito no ar antes de bater os calcanhares e dizer numa voz tão clara e funda quanto lhe foi possível e tão próxima da do pai quanto podia as palavras que dizia sempre que saía da presença de um soldado.

– *Heil Hitler!* – disse Bruno, o que, pensava ele, era outra maneira de dizer "Bem, então adeus, e tem uma boa tarde."

6

A CRIADA QUE GANHAVA MAIS
DO QUE MERECIA

Alguns dias mais tarde, Bruno, deitado na cama, pôs-se a olhar para o teto do quarto. A tinta branca estava rachada, já muito feia e a descascar, ao contrário da pintura da casa de Berlim, que nunca descascava e era renovada todos os verões, quando a mãe contratava os decoradores. Era de tarde e ele estava ali deitado de olhos fixos nas estaladelas que pareciam aranhas, semicerrando-os para tentar descortinar o que estaria por baixo delas. Imaginava que entre a tinta e o teto viviam insetos que empurravam a tinta, fazendo com que esta lascasse e acabando por abrir um buraco para poderem sair dali e procurar uma janela por onde fugir. Nada, nem mesmo os insetos, pensou Bruno, iam querer ficar ali em Acho-Vil.

– Tudo aqui é horrível – disse ele, em voz alta, apesar de saber que não estava lá ninguém que o ouvisse, mas, mesmo assim, ouvir as palavras que tinha dito fê-lo sentir-se melhor. – Odeio esta casa, odeio o meu quarto e odeio até esta pintura. Odeio tudo. Absolutamente tudo.

Assim que acabou de falar, Maria entrou no quarto com uma pilha de roupa lavada e passada a ferro. Hesitou quando o viu ali deitado, mas depois baixou ligeiramente a cabeça e dirigiu-se para o roupeiro sem fazer barulho.

– Olá – disse Bruno, porque embora falar com uma criada não fosse bem a mesma coisa que falar com os amigos, não havia por ali mais ninguém com quem falar e era bem melhor do que falar sozinho. Não encontrava a Gretel em lado nenhum e começava a ficar preocupado, a pensar se ela já teria enlouquecido de tanto tédio.

– Menino Bruno – disse Maria baixinho, enquanto separava as camisolas interiores das calças e da outra roupa interior, arrumando tudo em gavetas e prateleiras separadas.

– Deves andar tão infeliz como eu com tudo isto – disse Bruno, e ela virou-se e olhou-o com ar de quem não tinha percebido. – Isto – explicou ele, sentando-se e olhando à sua volta. – Isto tudo. É horrível, não é? Não odeias isto também?

Maria abriu a boca para falar, mas fechou-a logo a seguir. Parecia estar a pensar na resposta cuidadosamente, selecionando as palavras certas, preparando-se para as dizer e, depois de pensar melhor, ter desistido de o fazer. Bruno conhecia-a quase desde que nasceu – ela tinha ido trabalhar para casa deles quando ele tinha apenas três anos – e sempre se tinham dado bem, mas ela nunca tinha mostrado grande vivacidade. Limitava-se a fazer o seu trabalho: limpar a mobília, lavar a roupa, ajudar com as compras e na cozinha e, às vezes, ir buscá-lo e levá-lo à escola, embora isso tivesse acontecido mais vezes quando ele tinha oito anos. Assim que fez nove, decidiu que já tinha idade suficiente para ir e vir sozinho.

– Então o menino não gosta disto aqui? – disse ela finalmente.

– Gostar disto? – retorquiu Bruno com uma risadinha. – Gostar disto? – repetiu, mas desta vez mais alto. – É claro que eu não gosto disto! É horrível. Não há nada para fazer, não há ninguém com quem falar, ninguém com quem brincar. Não me vais dizer que estás contente por nos termos mudado para aqui, pois não?

– Eu sempre gostei do jardim da casa de Berlim – disse Maria, respondendo a uma pergunta completamente diferente. – Às vezes, quando a tarde estava amena, gostava de me ir sentar ao Sol a comer o meu almoço debaixo da hera, ao pé do tanque. As flores eram muito bonitas. E aquele perfume... As abelhas a esvoaçarem devagarinho à minha volta... e nunca se metiam comigo se as deixasse em paz.

– Então tu não gostas disto? – perguntou Bruno. – Achas que é tão mau como eu digo?

Maria franziu a testa.

– Isso não é importante – disse ela.

– O que é que não é importante?

– O que eu penso.

– Claro que é importante – disse Bruno, já irritado, como se ela estivesse a desconversar de propósito. – Tu fazes parte da família, não fazes?

– Não me parece que o seu pai concorde com isso – disse Maria, permitindo-se sorrir, pois estava comovida com o que ele tinha acabado de dizer.

– Bom, já vi que te trouxeram para aqui contra a tua vontade, tal como eu. Se queres que te diga, estamos todos no mesmo barco. E está a afundar-se.

Por um momento, Bruno achou que Maria ia dizer-lhe aquilo que realmente pensava, pois ela pousou o resto das roupas em cima da cama e cerrou os punhos, como se estivesse muito zangada com alguma coisa. A sua boca abriu-se, mas parou por um momento, como se tivesse medo das coisas que ia dizer, se decidisse dizê-las.

– Por favor, Maria, diz lá – pediu Bruno. – Porque se todos sentirmos o mesmo, talvez a gente consiga convencer o meu pai a levar-nos de volta para casa.

Ela desviou o olhar por uns instantes, sempre calada, e abanou a cabeça tristemente antes de voltar a olhar para ele.

– O seu pai sabe o que é melhor – disse ela. – O menino tem de acreditar nisso.

– Mas eu não sei se consigo – disse Bruno. – Acho que ele cometeu um grande erro.

– Então é um erro com que todos vamos ter de viver.

– Quando eu erro, sou castigado – insistiu Bruno, irritado pelo facto de as regras que sempre se aplicavam às crianças nunca se aplicarem aos adultos (apesar de serem eles a fazerem-nas cumprir). – O estúpido do meu pai... – acrescentou baixinho.

Maria arregalou os olhos horrorizada e tapou a boca de Bruno com as suas mãos. Olhou em volta para se certificar de que ninguém tinha ouvido nada da conversa, e muito menos o que Bruno tinha acabado de dizer.

– Não deve dizer essas coisas. Nunca deve dizer uma coisa dessas do seu pai.

– Não vejo porque não – disse Bruno, um bocadinho envergonhado por ter dito aquilo, mas a última coisa que ele ia fazer era deixar-se ficar e receber um raspanete quando ninguém parecia querer saber o que ele pensava.

– Porque o seu pai é um homem bom – disse Maria. – Um homem muito bom. Ele toma conta de todos nós.

– Trazendo-nos para aqui, para o meio do nada? Isso é tomar conta de nós?

– Há muitas coisas que o seu pai já fez – disse ela. – Muitas coisas das quais o menino se devia orgulhar. Se não fosse o seu pai, onde é que eu estaria?

– Em Berlim, acho eu – disse Bruno. – A trabalhar numa bela casa. A comer o teu almoço debaixo da hera e a deixar as abelhas em paz.

– Não se lembra de quando fui trabalhar para a sua casa, pois não? – perguntou ela baixinho, sentando-se na cama ao lado dele por um momento, coisa que ela nunca tinha feito. – Como é que havia de se lembrar? Tinha apenas três anos. O seu pai acolheu-me e ajudou-me quando eu precisei. Deu-me trabalho, uma casa. Comida. Não consegue imaginar o que é ter fome. Nunca sentiu fome, pois não?

Bruno franziu o sobrolho. Apetecia-lhe dizer que naquele momento estava com um bocadinho de fome, mas limitou-se a olhar para Maria e apercebeu-se de que nunca tinha pensado nela como uma pessoa com uma vida e uma história próprias. Tanto quanto sabia, ela nunca tinha feito mais nada senão ser criada da sua família. Nem sequer tinha a certeza de alguma vez a ter visto com outra coisa vestida que não fosse a farda de criada. Mas quando se punha a pensar nisso, como estava a fazer agora, tinha de admitir que devia haver mais alguma coisa na vida dela para além de servir a sua família. Ela devia ter pensamentos próprios. Devia haver coisas das quais ela sentia falta, amigos que ela gostaria de voltar a ver, tal como ele. E ela também devia chorar todas as noites até adormecer desde que ali tinham chegado, como os rapazes que eram muito mais novos e muito menos corajosos do que ele. Também reparou que ela era muito bonita e nesse momento sentiu por dentro uma coisa muito estranha.

– A minha mãe conheceu o seu pai quando ele era ainda um rapazinho da sua idade – disse Maria passados uns instantes. – Ela trabalhava para a sua avó como costureira, quando ela era mais nova e viajava por toda a Alemanha. Fazia todos os vestidos para os concertos dela; lavava-os, passava-os a ferro e costurava-os. Eram vestidos magníficos, todos eles. E os bordados, Bruno! Cada desenho era pura arte. Não se encontram costureiras como ela nos dias de hoje. – Abanou a cabeça e sorriu enquanto Bruno a escutava pacientemente. – Ela certificava-se de que tudo estava pronto de cada vez que a sua avó chegava ao camarim antes de cada espetáculo. Depois de a sua avó se reformar, é claro que a minha mãe ficou amiga dela e passou a receber uma pequena pensão, mas na altura eram tempos difíceis e o seu pai ofereceu-me emprego, foi o primeiro que tive. Meses mais tarde a minha mãe ficou muito doente e precisou de muitos cuidados hospitalares e o seu pai tratou de tudo, mesmo não tendo essa obrigação. E pagou tudo do bolso dele só por ela ter sido amiga da mãe dele. E levou-me para casa dele pela mesma razão. E, quando ela morreu, ele também pagou todas as despesas do funeral. Por isso, Bruno, nunca mais chame estúpido ao seu pai. Pelo menos à minha frente. Eu não vou permitir.

Bruno mordeu o lábio. Ele tinha esperança de que Maria ficasse do seu lado na campanha para sair de Acho-Vil, mas já tinha dado para ver de que lado ela estava afinal. E ele tinha de admitir que tinha ficado muito orgulhoso do pai quando ouviu aquela história.

– Bom – disse ele, incapaz de pensar em algo inteligente para dizer –, acho que foi simpático da parte dele.

– Sim – disse Maria, pondo-se de pé e indo até à janela, àquela de onde Bruno avistava os barracões e as pessoas. – Ele foi muito bom para mim nessa altura – continuou ela em voz baixa; agora era ela quem via, ao longe, as pessoas e os soldados na sua lida. – Ele tem muita bondade na alma, a sério que tem, o que me faz pensar...

Afastou-se da janela, ainda a observá-los, e a sua voz alterou-se de repente parecendo prestes a chorar.

– Faz-te pensar em quê? – perguntou Bruno.

– Pensar no que... como é que ele...

– Como é que ele o quê? – insistiu Bruno.

No andar de baixo, uma porta bateu com tanta força que se ouviu por toda a casa – como um tiro –, fazendo Bruno saltar e Maria dar um gritinho. Bruno deu conta dos passos pesados que se aproximavam cada vez mais rápidos e encostou-se à parede com medo do que poderia acontecer a seguir. Susteve a respiração à espera de problemas, mas era apenas Gretel, o Caso Perdido, que meteu a cabeça na porta e pareceu surpreendida ao ver o irmão e a criada a conversarem.

– O que é que se passa? – perguntou Gretel.

– Nada – disse Bruno, na defensiva. – O que é que tu queres daqui? Vai-te embora.

– Vai tu – retorquiu ela, apesar de aquele ser o quarto dele, e depois virou-se para Maria semicerrando os olhos, desconfiada. – Preparas-me um banho, Maria? – perguntou.

– Porque é que não podes preparar tu o teu banho? – perguntou Bruno com secura.

– Porque ela é a criada – disse Gretel, sustentando o olhar dele. – É para isso que ela aqui está.

– Não, não é para isso que ela aqui está – gritou Bruno, pondo-se de pé e avançando para a irmã. – Ela não está aqui só para fazer coisas para nós a toda a hora, sabias? Especialmente quando são coisas que nós conseguimos fazer sozinhos.

Gretel olhou para ele como se ele tivesse enlouquecido e depois para Maria, que acenou muito depressa com a cabeça.

– Com certeza, Menina Gretel – disse Maria. – Vou só acabar de arrumar as roupas do seu irmão e já vou ter com a menina.

– Então não demores – disse Gretel com maus modos antes de ir para o seu quarto e fechar a porta porque, ao contrário de Bruno, ela não se dava ao trabalho de pensar que Maria era uma pessoa com sentimentos, tal como ela.

Maria não olhou para ela, mas as suas faces tingiram-se de rosa.

– Eu continuo a pensar que ele cometeu um erro terrível – disse Bruno calmamente passados uns minutos, quando sentiu necessidade de pedir desculpa pelo comportamento da irmã, mas sem saber se deveria fazê-lo ou não.

Situações como esta deixavam sempre Bruno constrangido, porque, no fundo, sabia que não havia razões para se ser mal-educado com as pessoas, mesmo que estas trabalhassem para nós. Afinal de contas, era preciso ter maneiras.

– Mesmo que pense assim, não deve dizê-lo em voz alta – disse Maria rapidamente, aproximando-se dele com cara de quem queria chamá-lo à razão. – Prometa-me que não o vai fazer.

– Mas porquê? – perguntou ele, franzindo o sobrolho. – Só estou a dizer aquilo que penso. Posso dizer, ou não?

– Não – disse ela –, não pode.

– Não posso dizer o que penso? – repetiu ele, incrédulo.

– Não – insistiu ela, e agora que lhe fazia um pedido, a sua voz estava a tornar-se irritante. – Não fale mais no assunto, Bruno. Não sabe os problemas que pode arranjar com isso? Para todos nós?

Bruno ficou parado a olhar para ela. Havia alguma coisa nos seus olhos, uma espécie de preocupação frenética que ele nunca tinha visto antes e que o perturbava.

– Bem – resmungou, pondo-se de pé e dirigindo-se para a porta, de repente ansioso por sair de junto dela –, só estava a dizer que não gosto disto aqui, é só isso. Estava a fazer conversa enquanto arrumavas a roupa. Não estou a planear fugir nem nada. E mesmo que estivesse, acho que ninguém me podia criticar por isso.

– E matar de preocupação o seu pai e a sua mãe? – perguntou Maria. – Menino Bruno, se tiver um pingo de bom-senso, vai ficar quietinho e concentrado no estudo e a fazer o que o seu pai lhe disser. Nós só temos de nos manter a salvo até tudo isto acabar. Pelo menos é isso que eu tenciono fazer. Afinal, que mais podemos nós fazer? Não nos cabe a nós mudar as coisas.

De repente, e aparentemente sem motivo, Bruno sentiu uma necessidade arrebatadora de chorar. Ele próprio estava surpreendido e pestanejou várias vezes muito depressa para que Maria não visse como ele se sentia. No entanto, quando olhou para ela pensou que talvez houvesse algo estranho no ar naquele dia, porque os olhos dela também pareciam estar cheios de lágrimas. E então começou a sentir-se muito esquisito e virou-lhe as costas, dirigindo-se para a porta.

– Para onde vai? – perguntou Maria.

– Lá para fora – respondeu Bruno, zangado. – Se é que te interessa mesmo saber.

Primeiro ia muito devagar, mas assim que saiu do quarto acelerou em direção às escadas e desceu-as a correr em grandes passadas, sentindo que se não saísse dali rapidamente ia desmaiar. Em poucos segundos estava lá fora e desatou a correr para cima e para baixo em frente à entrada, ansioso por fazer exercício, alguma coisa que o deixasse bem cansado. Ao longe conseguia ver o portão que dava para a estrada que o levaria à estação do comboio que, por sua vez, o levaria a casa, mas a ideia de ir, a ideia de fugir e ficar sozinho, sem ninguém, era ainda mais aterradora do que a ideia de ficar.

7

COMO A MÃE FICOU COM OS LOUROS POR ALGO QUE NÃO FEZ

Várias semanas depois de ter chegado a Acho-Vil com a família e sem perspetivas de receber uma visita de Karl, de Daniel ou de Martin, Bruno achou que seria melhor arranjar maneira de se entreter, caso contrário, acabaria por enlouquecer.

Bruno só conhecia uma pessoa que considerava louca e que era *Herr* Roller, um homem da idade do pai que vivia perto da casa de Berlim. Viam-no muitas vezes a andar na rua de um lado para o outro, a qualquer hora do dia, a travar terríveis discussões consigo próprio. Às vezes, nessas discussões, descontrolava-se ao ponto de tentar esmurrar a própria sombra e acabava por se atirar contra a parede. De vez em quando lutava com tanta fúria que batia com os punhos contra a parede e desatava a sangrar. Depois, caía de joelhos e desatava a chorar muito alto e a dar murros na cabeça. Por vezes, Bruno ouvia-o dizer aqueles palavrões que ele não podia dizer e, quando isso acontecia, tinha de conter o riso.

– Não te deves rir do pobre *Herr* Roller – tinha-lhe dito a mãe numa tarde em que ele lhe tinha relatado o último ataque de loucura. – Não fazes ideia daquilo por que ele passou.

– Ele é maluquinho – disse Bruno, batendo com o dedo na testa e assobiando ao mesmo tempo para ilustrar quão maluco ele lhe parecia. – No outro dia foi pela rua fora atrás de um gato e convidou-o para tomar chá.

– E o que lhe disse o gato? – perguntou Gretel, que estava a fazer uma sanduíche na cozinha.

– Nada – explicou Bruno. – Era um gato.

– Eu estou a falar a sério – insistiu a mãe. – O Franz era um jovem muito simpático, conheço-o desde pequena. Ele era bondoso e amável e dançava como o Fred Astaire. Mas sofreu uma lesão na cabeça na Grande Guerra e é por isso que agora se comporta daquela maneira. Não é caso para rir. Vocês não fazem ideia do que os jovens daquela época passaram. Do seu sofrimento.

Bruno tinha apenas seis anos e não sabia do que a mãe estava a falar.

– Foi há muitos anos – explicou ela, quando ele lhe perguntou o que se tinha passado. – Antes de tu nasceres. O Franz foi um dos jovens que lutou por nós nas trincheiras. O teu pai conhecia-o bem. Acho que estiveram juntos no Exército.

– E o que lhe aconteceu? – perguntou Bruno.

– Não importa – disse a mãe. – A guerra não é um tema apropriado para uma conversa. Mas receio bem que em breve passemos muito tempo a discutir esse assunto.

Isto tinha acontecido apenas três anos antes de chegarem a Acho-Vil e, entretanto, Bruno não tinha passado muito tempo a pensar em *Herr* Roller; mas agora depressa se convenceu de que se não fizesse alguma coisa sensata, alguma coisa que lhe estimulasse a mente, quando desse por isso já andava a vaguear pelas ruas, a lutar contra si mesmo e a convidar animais para irem sair com ele.

Para se manter ocupado, Bruno passou uma manhã e uma tarde inteira de sábado a inventar uma brincadeira para se distrair. A poucos metros da casa – do lado da janela de Gretel e impossível de ver da dele – havia um grande carvalho com um tronco muito largo. Uma árvore alta com ramos robustos, suficientemente fortes para aguentar com um rapazinho. Parecia tão velha que Bruno achava que devia ter sido plantada nos finais da Idade Média, um período que ele tinha estudado há pouco tempo e que achava muito interessante, especialmente aquelas partes em que os cavaleiros partiam à aventura para terras estranhas e descobriam coisas interessantes enquanto por lá andavam. Para a sua brincadeira, Bruno só precisava de duas coisas: um bocado de corda e um pneu. A corda era fácil de arranjar pois havia muita na cave, e não demorou muito tempo até pegar numa faca afiada, arriscando-se a cortar um dedo ao tirar a que precisava. Levou a corda para perto do carvalho para a usar depois. Agora o pneu já era outra história.

Nessa manhã, nem o pai nem a mãe estavam em casa. A mãe tinha saído cedo e à pressa para apanhar o comboio e ir até à cidade vizinha para mudar de ares, e a última vez que tinha visto, o pai ia em direção aos barracões e às pessoas que se viam da janela. Como de costume, havia muitos camiões e muitos jipes estacionados perto da casa e, apesar de saber que era impossível roubar um pneu a qualquer deles, havia sempre a possibilidade de encontrar algures um pneu sobresselente.

Assim que saiu, viu Gretel a falar com o tenente Kotler e, sem grande entusiasmo, decidiu perguntar-lhe. O tenente Kotler era o jovem oficial que Bruno tinha visto no dia em que chegara a Acho-Vil, o soldado que tinha aparecido lá em casa e olhado para ele antes de o cumprimentar com a cabeça e seguir o seu caminho. Bruno tinha-o visto muitas vezes desde então; entrava e saía como se fosse o dono da casa e embora para ele o escritório do pai não fosse de acesso interdito, eles não falavam muito. Bruno não entendia bem porquê, mas sabia que não gostava do tenente Kotler. A atmosfera à volta dele era tão fria que lhe provocava arrepios e vontade de ir vestir uma camisola. Mesmo assim, como não havia mais ninguém a quem perguntar, foi ter com ele e chamou a si toda a coragem que pôde para lhe dizer olá.

A maior parte dos dias, o jovem tenente tinha um ar garboso quando se passeava em passos largos com um uniforme que parecia ter sido passado a ferro já no corpo. As suas botas pretas cintilavam de tão polidas que estavam e o seu cabelo louro estava penteado com risca ao lado e fixado com qualquer coisa que deixava visíveis as marcas do pente, como um campo acabado de lavrar. E usava tanta água-de-colónia que ao longe já se sentia o cheiro. Bruno tinha aprendido a não se aproximar dele quando estava a favor do vento, caso contrário, desmaiaria.

Contudo, neste dia, tendo em conta que era sábado de manhã e estava um dia de Sol, ele não estava tão bem arranjado. Desta vez trazia uma camisola branca sem mangas por cima das calças e o cabelo caía-lhe sobre a testa. Os braços estavam surpreendentemente morenos e tinha os músculos que Bruno gostaria de ter. Hoje parecia tão novinho que Bruno estava admirado; na verdade, fazia-lhe lembrar os rapazes mais velhos lá da escola, aqueles de quem devia afastar-se. O tenente Kotler estava embrenhado numa longa conversa com Gretel e o que dizia devia ser muito engraçado, porque ela estava a rir muito alto e a enrolar no dedo uma madeixa de cabelo.

– Olá – disse Bruno assim que se aproximou, e Gretel olhou para ele furiosa.

– O que é que tu queres? – perguntou ela.

– Eu não quero nada – disparou Bruno. – Só vim dizer olá.

– Vai ter de desculpar o meu irmão mais novo, Kurt – disse Gretel para o tenente Kotler. – É que ele só tem nove anos.

– Bom dia, homenzinho – disse Kotler esfregando a mão na cabeça de Bruno e despenteando-o de maneira tão assustadora que lhe deu vontade de o empurrar e de lhe saltar para cima. – E o que foi que te fez levantar tão cedo num sábado de manhã?

– Nem sequer é cedo – disse Bruno. – São quase dez horas.

O tenente Kotler encolheu os ombros.

– Quando tinha a tua idade, a minha mãe não conseguia tirar-me da cama antes da hora de almoço. Dizia que eu nunca ia crescer o suficiente para ser alto e forte se passasse a vida a dormir.

– Bem, mas enganou-se redondamente, não foi? – disse Gretel com um sorriso irritante.

Bruno olhou-a com repulsa. Falava com uma voz tão pateta que até parecia que não tinha nada dentro daquela cabeça. Bruno só queria ir para bem longe daqueles dois e não ter nada a ver com o que quer que estivessem a falar, mas não tinha alternativa senão pôr os seus interesses em primeiro lugar e pedir ao tenente Kotler o impensável: um favor.

– Posso pedir-lhe um favor? – perguntou Bruno.

– Pedir, podes! – disse o tenente Kotler, e Gretel riu-se outra vez, embora aquilo não tivesse piada nenhuma.

– Estava a pensar se não há por aí uns pneus sobresselentes – continuou Bruno. – De um dos jipes, ou de um camião. Um que não seja preciso.

– O único pneu sobresselente que tenho visto por aqui é o do sargento Hoffschneider, e esse ele trá-lo à volta da cintura – disse o tenente Kotler, e os seus lábios esboçaram algo parecido com um sorriso.

Para Bruno, nada do que ele tinha dito fazia sentido, mas Gretel achou tanta graça que até chorou a rir.

– E ele anda sempre com ele? – perguntou Bruno.

– Quem, o sargento Hoffschneider? – disse o tenente Kotler.

– Acho que sim. É muito apegado ao seu pneu sobresselente.

– Pare com isso, Kurt – disse Gretel, limpando os olhos. – Ele não chega lá. Só tem nove anos.

– E se tu te calasses? – gritou Bruno, olhando-a irritado. Já era suficientemente mau ter de ir ali pedir um favor ao tenente Kotler, quanto mais ter de aturar a própria irmã. – Tu só tens doze anos – acrescentou ele. – Por isso para de te armares em mais velha do que és.

– Tenho quase treze, Kurt – replicou ela secamente, já muito séria e com uma expressão horrorizada. – Faço treze anos daqui a poucas semanas. Sou uma adolescente. Como você. O tenente Kotler sorriu e meneou a cabeça, mas não respondeu. Bruno olhou para ele. Se fosse outro adulto que ali estivesse, ele teria revirado os olhos, sugerindo que ambos sabiam que as raparigas são todas umas parvas e as irmãs, completamente ridículas. Mas este não era um adulto qualquer, era o tenente Kotler.

– De qualquer modo – disse Bruno, ignorando o olhar furioso que Gretel lhe dirigia –, além desse, há outro sítio onde eu possa encontrar um pneu sobresselente?

– Claro – disse o tenente Kotler, que tinha deixado de sorrir e parecia repentinamente aborrecido com tudo aquilo. – Mas afinal para que queres o pneu?

– Estava a pensar fazer um baloiço – disse Bruno. – Com um pneu e uma corda presa ao ramo de uma árvore, está a ver?

– Sim, estou – disse o tenente Kotler, acenando com a cabeça em sinal de aprovação, como se essas brincadeiras estivessem muito distantes, apesar de, como Gretel tinha frisado, ele não passar de um adolescente. – Eu também fiz muitos baloiços quando era miúdo. Eu e os meus amigos passámos tardes muito alegres a andar de baloiço.

Bruno ficou abismado por ter algo em comum com ele (e ainda mais surpreendido por saber que o tenente Kotler tinha tido amigos).

– Então, o que acha? – perguntou. – Tem por aí algum?

O tenente Kotler ficou a olhar para ele enquanto pensava, como se estivesse indeciso entre dar-lhe uma resposta direita ou tentar irritá-lo, como costumava fazer. Nisto viu Pavel, o velhote que vinha todas as tardes ajudar na cozinha a descascar os vegetais e depois servia à mesa, que se dirigia para a casa, o que pareceu fazê-lo tomar uma decisão.

– Ei, tu aí! – gritou, acrescentando uma palavra que Bruno não percebeu. – Vem cá, ó...

Disse outra vez a tal palavra, e havia no seu tom de voz uma aspereza que fez Bruno sentir-se envergonhado.

Pavel aproximou-se e Kotler tratou-o com insolência, apesar de ter idade para ser seu neto.

– Leva aqui este homenzinho ao barracão atrás da casa. Estão lá uns pneus velhos encostados à parede. Escolhe um e leva-o para onde ele quiser, ouviste?

Pavel, com o barrete nas mãos, acenou, o que fez com que a sua cabeça se baixasse ainda mais do que já estava.

– Sim, senhor – disse ele em voz baixa, tão baixa que parecia que nem tinha dito nada.

– E depois, quando voltares para a cozinha, vê se lavas as mãos antes de tocar na comida, ó... nojento.

O tenente Kotler repetiu a palavra que já tinha usado duas vezes e cuspiu para o lado ao dizê-la. Bruno olhou para Gretel, que tinha estado a admirar o efeito do Sol a bater na cabeça loira do tenente Kotler, mas agora, tal como o irmão, parecia um bocado constrangida. Nenhum deles tinha alguma vez falado com Pavel, mas ele era um bom criado e os bons criados, como dizia o pai, não cresciam nas árvores.

– Vai-te lá embora – disse o tenente Kotler.

E Pavel deu meia volta e lá foi em direção ao barracão, seguido por Bruno, que de vez em quando olhava para trás para a irmã e o jovem soldado, sentindo uma enorme vontade de tirar Gretel dali, apesar de ela ser irritante e egoísta e de ser má para ele a maior parte das vezes. Afinal, era essa a sua função, ela era sua irmã. Mas ele detestava a ideia de a deixar sozinha com um homem como o tenente Kotler. Não havia maneira agradável de o dizer: ele tinha sido simplesmente maldoso.

O acidente aconteceu algumas horas mais tarde, depois de Bruno ter encontrado um bom pneu e Pavel o ter levado para perto do grande carvalho, que ficava do lado do quarto de Gretel, e depois de Bruno ter andado para cima e para baixo, para cima e para baixo, a subir e a descer da árvore para amarrar bem as cordas aos ramos e o pneu às cordas. Até aí a operação tinha sido bem sucedida. Ele já tinha construído um baloiço daqueles uma vez, mas nessa altura tinha tido a ajuda de Karl, Daniel e Martin. Agora, tinha de fazer tudo sozinho, o que tornava as coisas um pouco mais difíceis. Contudo, lá conseguiu, e algumas horas mais tarde já estava muitíssimo bem instalado dentro do seu pneu, baloiçando-se para trás e para a frente sem preocupações, apesar de estar a tentar ignorar o facto de este ser um dos baloiços mais desconfortáveis onde alguma vez tinha andado.

Deitou-se sobre o pneu e, com os pés, deu o primeiro impulso. De todas as vezes que o pneu vinha para trás, subia tão alto que só por um triz não batia em cheio no tronco da árvore, chegando, no entanto, suficientemente perto para ele poder impulsionar-se com os pés ainda mais alto no balanço seguinte. Estava tudo a correr bem até a mão lhe escorregar ao pontapear a árvore e, de repente, estava com o estômago às voltas a vir por ali abaixo e a aterrar de cara com um baque, com um pé ainda preso no pneu.

Por momentos, ficou tudo escuro e depois voltou ao normal. Sentou-se no chão enquanto o pneu continuava para trás, e acabou por apanhar com ele na cabeça, o que o fez soltar um grito e desviar-se. Quando se pôs em pé sentiu o braço e a perna bastante doridos, pois tinha caído mesmo em cima deles, mas não pareciam partidos. Inspecionou a mão que estava cheia de arranhões e quando olhou para o cotovelo viu um arranhão muito feio. No entanto, a perna parecia doer-lhe mais e quando olhou para o joelho, mesmo no sítio onde acabavam os calções, viu um golpe profundo que parecia ter estado à espera que ele olhasse, pois mal lhe prestou atenção, desatou a sangrar muito mais.

– Oh, meu Deus! – disse Bruno em voz alta, olhando para o joelho sem saber o que fazer a seguir.

Como o baloiço ficava do lado da cozinha, Pavel, o criado que o tinha ajudado a ir buscar o pneu e que estava a descascar batatas à janela, assistiu ao acidente. Quando Bruno voltou a olhar, viu-o a vir na sua direção e só quando ele chegou é que sentiu que podia deixar-se cair de tão tonto que estava. Mas não caiu, porque Pavel o amparou.

– Não sei o que aconteceu – disse Bruno. – Não parecia perigoso.

– Estava a subir muito alto – disse Pavel com uma calma que fez Bruno sentir-se imediatamente em segurança. – Eu estava a vê-lo e pensei logo que a qualquer momento se ia magoar.

– E magoei mesmo – disse Bruno.

– Magoou-se e bem.

Pavel pegou-o ao colo e levou-o para a cozinha, onde o sentou numa das cadeiras de madeira.

– Onde está a minha mãe? – perguntou Bruno, procurando pela primeira pessoa que sempre procurava quando tinha um acidente.

– Lamento, mas a sua mãe ainda não voltou – disse Pavel, que se tinha ajoelhado no chão a examinar-lhe o joelho. – Hoje só cá estou eu.

– E agora o que é que vai acontecer? – perguntou Bruno, a entrar em pânico, uma emoção que poderia provocar lágrimas.

– Posso esvair-me em sangue?

Pavel deu uma pequena gargalhada e abanou a cabeça.

– Não vai nada esvair-se em sangue – disse ele, puxando um banquinho para apoiar a perna de Bruno. – Fique quieto só por um bocadinho. Há ali uma caixa de primeiros-socorros.

Bruno observava-o à medida que ele andava pela cozinha, pegava na caixa de primeiros-socorros, enchia uma bacia com água e a experimentava com o dedo para ver se não estava muito fria.

– Vou ter de ir ao hospital? – perguntou Bruno.

– Não – respondeu Pavel quando voltou a ajoelhar-se, molhando um pano na água e limpando o joelho de Bruno com muito cuidado, o que o fez estremecer de dor, apesar de não estar a doer assim tanto. – É só um pequeno golpe. Nem precisa de levar pontos.

Bruno franzia o sobrolho e mordia os lábios, nervoso, enquanto Pavel limpava o sangue e pressionava depois um outro pano sobre a ferida durante alguns minutos. Quando o retirou, muito devagarinho, a ferida já não sangrava. Depois, tirou um frasquinho verde da caixa de primeiros-socorros e deitou umas gotas na ferida. O líquido ardeu e fez com que Bruno soltasse uma série de "ais".

– Não é assim tão mau – disse Pavel, numa voz calma e gentil. – Não pense que é mais doloroso do que o que realmente é, assim só se vai sentir pior.

O que ele tinha dito fazia sentido para Bruno e então deixou de se queixar. Depois de deitar o líquido verde, Pavel pegou numa gaze e aplicou-a sobre a ferida.

– Pronto, agora está melhor, não está?

Bruno disse que sim com a cabeça, um bocadinho envergonhado por não ter sido tão corajoso como gostaria.

– Obrigado – disse Bruno.

– Não tem de quê – respondeu Pavel. – Agora deixe-se ficar sentado durante algum tempo antes de voltar a andar. Deixe a ferida descansar. E por hoje não volte a aproximar-se daquele baloiço.

Bruno disse que não com a cabeça e deixou-se ficar sentado com a perna em cima do banco enquanto Pavel foi ao lava-loiça lavar as mãos com muito cuidado, esfregando as unhas com palha de aço e secando-as muito bem. Depois, voltou para as batatas.

– Vais contar à minha mãe o que aconteceu? – perguntou Bruno, que nos últimos minutos tinha estado a pensar se iria ser visto como herói, por ter sofrido um acidente, ou como o mau da fita, por ter construído uma armadilha mortal.

– Acho que ela vai reparar – disse Pavel, que estava agora a levar as cenouras para cima da mesa, sentando-se em frente a Bruno e começando a descascá-las para cima de um jornal velho.

– Sim, também acho – disse Bruno. – Talvez queira levar-me ao médico.

– Acho que não – disse Pavel calmamente.

– Nunca se sabe – disse Bruno, que não queria ver o seu acidente ser relegado para segundo plano (afinal, tinha sido o acontecimento mais excitante desde que tinha chegado). – Pode ser pior do que parece.

– Mas não é – disse Pavel, que mal parecia ouvir o que Bruno dizia, já que as cenouras lhe prendiam toda a atenção.

– E como é que tu sabes? – perguntou Bruno muito depressa, já um pouco irritado, apesar de estar a falar com o mesmo homem que o tinha ido levantar do chão e tratado tão bem. – Tu não és médico.

Pavel parou de descascar as cenouras e olhou para Bruno, de cabeça baixa e a olhar para ele, como se a pensar numa resposta. Suspirou e pareceu refletir uns segundos antes de dizer:

– Sou, sim.

Bruno olhou-o surpreendido. Isto não fazia sentido nenhum.

– Mas tu és um criado – disse, muito devagar. – Descascas os vegetais para o jantar. Como é que podes ser médico?

– Meu jovem – disse Pavel (e Bruno apreciou a sua cortesia ao chamá-lo jovem em vez de homenzinho como fazia o tenente Kotler). – Pois é verdade, eu sou mesmo médico. O facto de um homem olhar para o céu à noite não faz dele um astrónomo, sabia?

Bruno não fazia a mínima ideia do que Pavel queria dizer com aquilo, mas havia algo no que ele dissera que pela primeira vez o fez olhar para ele com mais atenção. Era um homem pequeno, e muito magro também, de dedos compridos e feições ossudas. Era mais velho que o pai, mas mais novo que o avô, o que significava que de qualquer maneira já era velho, e apesar de Bruno nunca o ter visto até chegar a Acho-Vil, alguma coisa lhe dizia que, algures no passado, aquele homem tinha usado barba. Mas agora já não.

– Mas eu não estou a perceber – disse Bruno, querendo chegar ao fundo da questão. – Se tu és médico, porque é que serves à mesa? Porque é que não estás a trabalhar num hospital?

Pavel ainda hesitou antes de responder e, enquanto isso, Bruno não disse nada. Não tinha a certeza, mas achava que o mais indicado era esperar até Pavel estar pronto para falar.

– Antes de vir para aqui, eu exercia medicina – disse ele, finalmente.

– Exercias? – perguntou Bruno, que não conhecia a palavra. – O que é isso? Treinavas? Não eras um bom médico?

Pavel sorriu.

– Era até muito bom – disse ele. – É que eu sempre quis ser médico, sabe? Desde rapazinho, assim do seu tamanho.

– Eu quero ser explorador – disse Bruno muito depressa.

– Boa sorte, então – disse Pavel.

– Obrigado.

– E já descobriu alguma coisa?

– Na nossa casa de Berlim havia muitas coisas para descobrir – recordou Bruno. – Mas lá a casa era enorme, maior do que tu podes imaginar, por isso havia inúmeros sítios para explorar. Aqui não é a mesma coisa.

– Aqui nada é a mesma coisa – concordou Pavel.

– Quando é que chegaste a Acho-Vil? – perguntou Bruno.

Pavel pousou a cenoura e o descascador por um momento e pôs-se a pensar.

– Acho que sempre estive aqui – disse finalmente, com uma voz serena.

– Cresceste aqui?

– Não – disse Pavel, abanando a cabeça. – Não cresci aqui.

– Mas tu disseste...

Ouviu-se a voz da mãe. Pavel saltou imediatamente do banco e voltou para o lava-loiça com as cenouras, o descascador e o jornal cheio de cascas, virando as costas a Bruno, mantendo-se calado e de cabeça baixa.

– Mas o que foi que te aconteceu? – perguntou a mãe quando entrou na cozinha, baixando-se para examinar o penso que Bruno tinha no joelho.

– Fiz um baloiço e caí – explicou Bruno. – E depois o baloiço bateu-me na cabeça e eu quase desmaiei, mas o Pavel foi lá e trouxe-me para aqui, limpou a ferida e pôs-me um penso. Aquilo ardia muito, mas eu não chorei, nem uma vez, não foi, Pavel?

Pavel virou-se devagar, mas sem levantar a cabeça.

– A ferida está limpa – disse ele calmamente sem responder à pergunta de Bruno. – Não há motivos para preocupações.

– Vai para o teu quarto, Bruno – disse a mãe, parecendo constrangida.

– Mas eu...

– Não discutas comigo... vai para o teu quarto! – insistiu ela, e Bruno saiu da cadeira, pondo o seu peso naquela que decidiu chamar a sua perna má, o que lhe doeu um bocadinho.

Saiu da cozinha e enquanto se dirigia para as escadas ainda pôde ouvir a mãe a agradecer a Pavel, o que o deixou contente, pois certamente era óbvio para toda a gente que, se não tivesse sido Pavel, ele ter-se-ia esvaído em sangue.

Porém, antes de subir as escadas ainda ouviu a mãe dizer ao criado que dizia ser médico:

– Se o Comandante perguntar, dizemos que fui eu que tratei do Bruno.

Isto pareceu a Bruno terrivelmente egoísta, uma forma de a mãe ficar com os louros por algo que não tinha feito.

8

O MOTIVO POR QUE A AVÓ SE ZANGOU

As duas pessoas de quem Bruno tinha mais saudades eram a avó e o avô. Viviam num pequeno apartamento perto das bancas de fruta e outros vegetais e, na altura em que Bruno se mudara para Acho-Vil, o avô tinha quase setenta e três anos. Para Bruno, tanto quanto ele sabia, o avô era a pessoa mais velha do mundo. Uma tarde em que se pôs a fazer contas descobriu que, se vivesse a sua vida inteira oito vezes, ainda assim seria um ano mais novo do que o avô.

Ao longo da vida, o avô tinha sido dono de um restaurante no centro da cidade e um dos seus empregados, o cozinheiro, era o pai do seu amigo Martin. Apesar de já não cozinhar nem servir à mesa, o avô passava lá os dias inteiros sentado ao balcão a conversar com os clientes, almoçava e jantava lá e acabava sempre por ficar na risota com os amigos até à hora de fechar.

A avó nunca parecia velha em comparação com as avós dos outros miúdos. Quando Bruno soube a idade dela, sessenta e dois anos, ficou mesmo surpreendido. Tinha conhecido o avô quando era muito jovem depois de um dos seus concertos, e o avô lá a tinha convencido a casar com ele apesar de todos os seus defeitos. A avó tinha o cabelo ruivo, curiosamente muito parecido com o da nora, e os olhos verdes. Costumava dizer que era porque algures na sua família havia sangue irlandês. Bruno sabia sempre quando as festas de família iam ser de arromba, porque a avó ia encostar-se ao piano até que alguém se sentasse para tocar e lhe pedisse para cantar.

– O quê!? – exclamava sempre, levando a mão ao peito e fingindo-se surpreendida. – Querem que eu cante uma canção? Porquê? Não pode ser! Lamento, meu jovem, mas os meus dias de cantora já lá vão.

– Cante! Cante! – gritavam todos em coro e, depois de uma pausa estudada, às vezes de dez ou doze segundos, ela acedia finalmente ao pedido, virando-se para o jovem que estava ao piano e dizendo sorridente e desenvolta:

– *La vie en rose*, em mi bemol menor. E tente acompanhar as mudanças de tom.

As festas em casa de Bruno eram sempre dominadas pelas cantorias da avó, altura em que a mãe se retirava para a cozinha, seguida de algumas das suas amigas. O pai ficava sempre a ouvir e Bruno também, porque não havia nada que ele mais gostasse do que ouvir a avó a cantar com todas as suas forças, para depois, no final, abafar por completo os aplausos de todos os presentes. E mais, *La vie en rose* arrepiava-o e punha-lhe os cabelinhos da nuca todos em pé.

A avó gostava de pensar que ele ou Gretel seguiriam as suas pisadas no palco e, por isso, todos os Natais e todos os aniversários encenava uma pequena peça para os três representarem para o pai, a mãe e o avô. Era ela que as escrevia e Bruno achava que ela guardava sempre as melhores deixas para si, embora isso não o incomodasse muito. Também tinha de haver sempre uma canção ("É uma canção que querem?" Era a primeira coisa que ela perguntava.) e uma oportunidade para Bruno fazer um truque de magia e outra para Gretel dançar. A peça terminava sempre com Bruno a recitar um longo poema de um dos Grandes Poetas, com palavras que ele achava sempre muito complicadas, mas que quanto mais lia mais bonitas lhe soavam.

Mas essa não era a melhor parte desses pequenos espetáculos. A melhor parte eram os fatos que a avó fazia para Bruno e para Gretel. Qualquer que fosse o papel, por mais pequenas que fossem as suas falas em comparação com as da irmã e da avó, Bruno aparecia sempre vestido de príncipe ou de xeque árabe ou até, como aconteceu uma vez, de gladiador romano. Havia coroas, e quando não havia coroas, havia lanças. E quando não havia lanças, havia chicotes ou turbantes. Ninguém adivinhava o que é que a avó ia inventar a seguir, mas na semana antes do Natal Bruno e Gretel eram diariamente convocados para ensaios em casa dela.

A última peça que tinham representado tinha sido um autêntico desastre e Bruno ainda a recordava com uma certa tristeza, embora já não se lembrasse muito bem do que tinha causado a discussão.

Cerca de uma semana antes tinha havido um alvoroço lá em casa relacionado com o facto de Maria, a cozinheira e Lars passarem a chamar "Comandante" ao pai, tal como todos os soldados que passavam a vida a entrar e a sair lá de casa, como se a casa fosse a deles. Foi um alvoroço que durou semanas. Primeiro tinha sido o jantar com o Fúria e a bela mulher loira, que tinha posto a casa toda em sentido, e depois a novidade de tratarem o pai por "Comandante". A mãe tinha dito a Bruno para dar os parabéns ao pai. Ele assim fizera, mas se tivesse sido honesto consigo próprio, o que Bruno tentava sempre ser, teria de admitir que não sabia muito bem porque estava a felicitá-lo.

No dia de Natal o pai vestiu o seu uniforme novo impecavelmente engomado, aquele que usava agora todos os dias, e toda a família aplaudiu assim que ele apareceu. Era realmente fantástico. O pai destacava-se de todos aqueles soldados que passavam a vida a entrar e a sair lá de casa, e eles pareciam respeitá-lo ainda mais com este novo uniforme. A mãe foi dar-lhe um beijo na face e, passando a mão pelo fato, comentou a qualidade do tecido, dizendo que era do melhor. Bruno estava muito impressionado com todas as condecorações que o pai tinha ao peito e mais ainda porque o pai lhe tinha deixado usar o boné por um bocadinho, desde que tivesse as mãos limpas quando o pusesse. O avô ficou muito orgulhoso do filho ao vê-lo com o novo uniforme e a avó era a única que não estava impressionada. Depois do jantar e logo a seguir ao espetáculo que Bruno e Gretel protagonizaram, ela sentou-se muito triste numa das poltronas e ficou a olhar para o pai de Bruno e a abanar a cabeça, como se estivesse extremamente desiludida com ele.

– Estou aqui a pensar... se não terá sido nisto que eu errei, Ralf – disse ela. – Se não terão sido todas as peças que te fiz representar em criança que te levaram agora a isto. Vestido como uma marioneta pronta para ser manipulada.

– Então, mãe – disse o pai com voz tolerante. – Esta não é uma boa altura para isso.

– Estás aí, com esse teu uniforme – continuou ela – como se fosses alguém especial. Nem sequer te importas com o que ele significa verdadeiramente. Nem com o que ele representa.

– Nathalie, já discutimos este assunto antes – disse o avô, embora toda a gente soubesse que, quando a avó queria dizer alguma coisa, arranjava sempre maneira de o fazer sem se importar com o que os outros pudessem pensar.

– Tu discutiste o assunto, Matthias – disse a avó. – Eu fui apenas o muro branco ao qual dirigiste as tuas palavras. Como de costume.

– Isto é uma festa, mãe – disse o pai, com um suspiro. – E é Natal. Não vamos estragá-la.

– Eu lembro-me de quando começou a Grande Guerra – disse o avô, com orgulho, meneando a cabeça e fitando a lareira. – Lembro-me de chegares a casa, de dizeres que te tinhas alistado e de eu ter a certeza de que ia acabar mal.

– E acabou mesmo, Matthias – insistiu a avó. – Basta olhares para ele agora!

– E agora olha só para ti – continuou o avô, ignorando-a. – Estou tão orgulhoso por teres chegado a um cargo de tanta responsabilidade. A ajudares o teu país a recuperar o orgulho depois de todos os males que lhe foram infligidos. Os grandes castigos que...

– Tu estás a ouvir o que estás a dizer?! – gritou a avó. – Não sei qual dos dois é mais ridículo!

– Então, Nathalie – disse a mãe, a tentar acalmar a situação –, não acha que o uniforme novo fica bem ao Ralf?

– Fica-lhe bem? – repetiu a avó, olhando estarrecida para a nora, como se esta tivesse perdido o juízo. – Fica-lhe bem, disseste tu? Que idiota! Achas que é isso que realmente importa para o mundo? Que o uniforme lhe fique bem?

– E o meu fato de diretor de circo, fica-me bem? – perguntou Bruno, pois era essa a fatiota que tinha vestido naquela noite, um fato vermelho e preto de diretor de circo do qual se sentia todo orgulhoso.

Mas mal abriu a boca, arrependeu-se logo, pois os olhares adultos viraram-se todos para ele e para Gretel, como se até ali se tivessem esquecido de que eles existiam.

– Meninos, para cima! – disse a mãe muito depressa. – Cada um para o seu quarto.

– Mas nós não queremos ir! – protestou Gretel. – Não podemos brincar cá em baixo?

– Não, não podem – insistiu a mãe. – Vão lá para cima e fechem as portas.

– A vocês, soldados, é realmente só isso que interessa – continuou a avó, ignorando as crianças. – Que os uniformes fiquem bem. Enfeitam-se todos para fazerem as coisas terríveis que vocês fazem. Até tenho vergonha. Mas a culpada sou eu, Ralf, e não tu.

– Meninos! Para cima! Já! – disse a mãe, batendo com as mãos, e desta vez eles não tiveram outro remédio senão obedecer.

Porém, em vez de irem diretos para os quartos, fecharam a porta e sentaram-se ao cimo das escadas a tentar ouvir a discussão dos adultos. No entanto, as vozes do pai e da mãe soavam abafadas e mal se ouviam, a do avô não se ouvia sequer e a da avó arrastava-se, indistinta. Uns minutos mais tarde, a porta abriu-se e Bruno e Gretel escapuliram-se para os quartos enquanto a avó tirava o casaco do cabide.

– Estou envergonhada! – gritou ela ainda antes de sair. – Que um filho meu seja...

– Um patriota – gritou o pai, que nunca deve ter aprendido a regra de não interromper a mãe.

– Um patriota, sem sombra de dúvida! – gritou a avó, acrescentando antes de sair disparada e bater com a porta: – As pessoas que tu trazes para jantar nesta casa! Porquê? Enojam-me. E ver-te com esse uniforme dá-me vontade de arrancar os próprios olhos!

Bruno não viu a avó muitas mais vezes depois deste episódio e não teve oportunidade de se despedir dela antes de se mudar para Acho-Vil, mas tinha imensas saudades dela. Decidiu, por isso, escrever-lhe uma carta.

Nesse mesmo dia pegou numa caneta e numa folha de papel e sentou-se a escrever-lhe, a contar como andava triste por estar ali e o quanto desejava estar em Berlim. Contou-lhe como era a casa e o jardim, o banco com a placa, a vedação e os postes de telégrafo gigantes, os rolos de arame farpado e a terra dura por baixo, os barracões, os edifícios pequenos, os montes que deitavam fumo e os soldados, mas falou-lhe principalmente das pessoas que ali viviam, dos seus pijamas às riscas cinzentas e dos seus barretes de pano. Depois disse-lhe que tinha muitas saudades dela e assinou a carta com "o seu neto que a ama, Bruno".

9

BRUNO RECORDA-SE DE COMO GOSTAVA DE FAZER EXPLORAÇÕES

Durante uns tempos nada mudou em Acho-Vil. Bruno continuava a suportar a má disposição de Gretel, o que acontecia quase sempre por ela ser um Caso Perdido. As lembranças de Berlim começavam a desvanecer-se, mas, mesmo assim, Bruno ainda desejava regressar. Além disso, e embora vontade não lhe faltasse, já há várias semanas que não se lembrava de mandar uma carta aos avós e muito menos de se sentar realmente a escrevê-la.

Os soldados continuavam a entrar e a sair todos os dias para terem reuniões no escritório do pai, que continuava a ser de "Acesso Interdito a Todas as Horas Sem Exceção". O tenente Kotler ainda se passeava por lá com as suas botas pretas e luzidias como se fosse a pessoa mais importante do mundo. Quando não estava reunido com o pai, conversava com Gretel na entrada e ela ria-se, histérica, enquanto ia enrolando madeixas de cabelo nos dedos, ou então Kotler ficava a cochichar com a mãe, sozinhos numa sala qualquer.

Os criados continuavam a lavar e a varrer, a cozinhar e a limpar, a pôr e a tirar coisas da mesa. Faziam tudo sem abrir a boca, a não ser que falassem para dentro. Maria passava a vida a arrumar a casa, sempre atenta a que qualquer peça de roupa que Bruno não estivesse a usar estivesse lavada e arrumada no armário. E Pavel continuava a ir lá todas as tardes para descascar batatas e cenouras e, à hora do jantar, vestir o seu casaco branco para servir à mesa. De vez em quando, Bruno via-o a olhar disfarçadamente para o seu joelho, onde tinha ficado uma pequena cicatriz do acidente, mas, tirando isso, não voltaram a falar um com o outro.

Só que depois as coisas mudaram. O pai decidiu que estava na hora de os filhos voltarem aos estudos e embora Bruno achasse ridículo que uma escola funcionasse só com dois alunos, o pai e a mãe tinham decidido contratar um professor para lhes dar aulas em casa todos os dias. Uma certa manhã, alguns dias mais tarde, um homem chamado *Herr* Listz chegou ruidosamente no seu "chocalha-ossos" e com ele chegou o regresso à escola. *Herr* Listz era um mistério para Bruno. Apesar de a maior parte das vezes ser simpático e nunca lhe ter levantado a mão, como tinha feito o professor de Berlim, havia algo nos seus olhos que dava a Bruno a sensação de uma raiva prontinha a explodir.

Herr Listz gostava especialmente de História e Geografia, ao passo que Bruno preferia Literatura e Arte.

– Essas são coisas inúteis – insistia o professor. – Um conhecimento sólido das Ciências Sociais é muito mais importante nos tempos que correm.

– Em Berlim a minha avó deixava-nos sempre representar peças de teatro – frisou Bruno.

– Pois, mas a tua avó não era tua professora, pois não? – perguntou *Herr* Listz. – Ela era a tua avó. E aqui eu sou o teu professor e, por isso, vais estudar as coisas que eu acho que são importantes e não as coisas de que tu gostas.

– Mas os livros não são importantes? – perguntou Bruno.

– Claro que são, aqueles que falam sobre as coisas que são importantes para o mundo – explicou *Herr* Listz. – Livros de histórias, não. Livros que falam de coisas que nunca aconteceram, também não. E o que sabes tu da tua própria história, meu jovem? (Para o seu próprio bem, *Herr* Listz tinha-lhe chamado "jovem" como Pavel, ao contrário do tenente Kotler.)

– Sei que nasci a quinze de abril de mil novecentos e trinta e quatro – disse Bruno.

– Não estou a falar da tua história – interrompeu *Herr* Listz.

– Não da tua história pessoal. É da história de quem tu és, de onde vens. Da tua herança familiar. Da tua terra-mãe.

Bruno franziu o sobrolho e pôs-se a pensar. Não se lembrava de a mãe ter alguma terra. A casa de Berlim era grande e confortável, mas nem sequer tinha um jardim por aí além. E ele já tinha idade suficiente para saber que Acho-Vil, apesar de toda aquela terra à volta, não lhes pertencia.

– Não, realmente não sei muita coisa sobre isso – admitiu Bruno, finalmente. – Mas sei muitas coisas sobre a Idade Média. Eu gosto de histórias de cavaleiros, de aventuras e de explorações.

Herr Listz deixou escapar um silvo por entre os dentes e abanou a cabeça, aborrecido.

– É precisamente para mudar isso que eu aqui estou – disse numa voz sinistra. – Tirar-te esses livros de histórias da cabeça e ensinar-te mais coisas sobre de onde vieste e sobre os grandes males que te fizeram.

Bruno meneou a cabeça e sentiu-se até bastante satisfeito com o que ele tinha dito. Finalmente, alguém lhe ia explicar por que razão tinham trocado uma casa confortável por aquele sítio horroroso, que devia ser o maior mal que já lhe tinham feito na sua curta existência.

Uma vez, quando estava sozinho no quarto, Bruno pôs-se a pensar nas coisas que gostava de fazer em casa e que agora não podia fazer em Acho-Vil. A maior parte delas tinha a ver com o facto de não ter amigos com quem brincar e era óbvio que a Gretel nunca iria brincar com ele. Mas havia uma coisa que ele passava a vida a fazer sozinho em Berlim e que agora também podia fazer em Acho-Vil: explorar.

– Quando eu era pequeno – disse Bruno para si mesmo –, gostava de explorar. Mas isso era em Berlim, onde eu já conhecia tudo e sabia onde encontrar qualquer coisa até de olhos vendados. Aqui nunca explorei nada, talvez esteja na altura de começar.

E, então, antes que mudasse de ideias, Bruno saltou da cama e foi vasculhar no roupeiro à procura de um sobretudo e de umas botas – o tipo de roupa que ele achava que um verdadeiro explorador devia usar – e preparou-se para sair de casa.

Não valia a pena explorar dentro de casa. Afinal, esta casa não tinha nada a ver com a casa de Berlim, que estava cheia de cantos e recantos e quartos e cubículos, para não falar nos cinco andares, contando com a cave e o quartinho no cimo de tudo, o da janela inclinada de onde Bruno só conseguia espreitar pondo-se em bicos de pés. Não, esta casa não prestava para explorações. Se havia alguma coisa para explorar, estava lá fora.

Já há algum tempo que Bruno olhava da janela do seu quarto para o jardim e para o banco com a placa, para a vedação e para os postes de telégrafo e para todas as outras coisas das quais tinha falado à avó na sua última carta. E apesar de ter olhado tantas vezes para aquelas pessoas, todas diferentes, com os seus pijamas às riscas, nunca se tinha preocupado com o assunto.

Era como se fosse outra cidade com pessoas a viverem e a trabalharem ao lado da casa dele. Mas será que eram assim tão diferentes? Todas as pessoas vestiam roupas iguais, aqueles pijamas e barretes às riscas. E todas as pessoas que vagueavam pela casa deles (à exceção da mãe, da Gretel e dele próprio) usavam uniformes de vários tipos e com diferentes condecorações, bonés e capacetes, braçadeiras com bandeiras vermelhas e pretas, e andavam armadas e sempre com um ar austero, como se tudo aquilo fosse realmente importante e ninguém pudesse pensar de outra forma.

Mas afinal qual era exatamente a diferença? E quem decidia quais as pessoas que usavam pijamas às riscas e as que usavam uniforme?

É verdade que em certas ocasiões os grupos se juntavam. Via muitas vezes as pessoas do seu lado da vedação no outro lado e, nessa altura, dava-se conta de quem é que mandava. As pessoas de pijama às riscas punham-se em sentido quando os soldados se aproximavam e, por vezes, até caíam ao chão e outras vezes não se conseguiam levantar e tinham de ser levadas em braços.

"É engraçado como eu nunca pensei nessas pessoas", pensou Bruno. E era engraçado pensar nas vezes que os soldados iam ao outro lado – ele até já tinha visto o pai fazê-lo – e dar-se conta de que nenhum dos outros tinha sido convidado para ir lá a casa.

Algumas vezes, embora não com muita frequência, alguns soldados ficavam para jantar, e quando isso acontecia eram servidas muitas bebidas e, mal Bruno e Gretel metiam à boca a última garfada, eram mandados para os seus quartos enquanto cá em baixo se ouvia sempre muito barulho e muita cantoria. Era óbvio que o pai e a mãe gostavam da companhia dos soldados, Bruno bem podia dizê-lo. Mas nem uma única vez convidavam para jantar uma das pessoas de pijama às riscas.

Depois de sair de casa, Bruno dirigiu-se para as traseiras e olhou para a sua janela, que, dali de baixo, já nem parecia tão alta. "Até podia saltar dela abaixo sem me magoar muito", pensou ele, apesar de não imaginar em que circunstâncias faria algo tão idiota. Talvez se a casa estivesse a arder e ele tivesse ficado preso, mas mesmo assim parecia-lhe muito arriscado.

Olhou para o seu lado direito até onde a vista podia alcançar e a vedação parecia continuar em direção à luz do Sol. Estava contente que assim fosse, pois isso significava que não sabia o que se passava por aqueles lados, mas que poderia começar a andar e descobrir e, afinal, isso é que era explorar. (Havia uma coisa boa que *Herr* Listz lhe tinha ensinado nas aulas de História: homens como Cristóvão Colombo e Amerigo Vespucci, que eram aventureiros e tinham vidas muito interessantes, apenas lhe deram a certeza de que queria ser como eles quando fosse grande).

No entanto, antes de sair havia ainda uma última coisa a averiguar. O banco. Durante todos estes meses ele tinha-o visto de longe e chamava-lhe "o banco da placa", mas não fazia ideia do que a placa dizia. Olhou para um lado e para o outro, para se certificar de que ninguém o via, correu para lá e semicerrou os olhos para ler. Era apenas uma pequena placa de bronze e Bruno leu-a lentamente em silêncio: "Colocado aquando da abertura do..." Hesitou. "Campo de... Acho-Vil", continuou, atrapalhando-se, como sempre, a dizer o nome. "Junho de 1940".

Tocou ao de leve na placa e deu-se conta de que o bronze era muito frio. Por isso, retirou logo os dedos, respirou fundo e deu início à sua viagem. E aquilo em que Bruno tentava não pensar era o que lhe tinha sido dito, em inúmeras ocasiões, tanto pela mãe como pelo pai, que não tinha permissão para ir naquela direção, que não tinha permissão para se aproximar sequer do campo ou da vedação, e, acima de tudo, ali em Acho-Vil estava banido todo e qualquer tipo de exploração.

Sem Exceção.

10

O PONTINHO QUE SE TRANSFORMOU NUMA PINTA QUE SE TRANSFORMOU NUMA MANCHA QUE SE TRANSFORMOU NUM VULTO QUE SE TRANSFORMOU NUM RAPAZ

O passeio ao longo da vedação levou Bruno mais longe do que pensara; o caminho parecia estender-se por muitos quilómetros. Andou, andou e, quando olhou para trás, viu que a casa onde morava estava a ficar cada vez mais pequenina até, finalmente, desaparecer. Durante todo esse tempo não viu ninguém perto da vedação nem nenhuma porta por onde passar e começou a entrar em desespero pensando que a sua exploração ia ser um falhanço total. Na verdade, enquanto a vedação continuava até se perder de vista, os barracões, os edifícios e os montes que deitavam fumo iam desaparecendo atrás dele e aquela vedação apenas parecia separá-lo de um grande espaço vazio.

Depois de caminhar durante quase uma hora e de começar a sentir fome, achou que talvez já tivesse explorado o suficiente e que seria boa ideia voltar para trás. Contudo, nesse mesmo instante viu ao longe o que lhe parecia ser um pontinho e semi-cerrou os olhos para tentar ver melhor. Lembrou-se então de um livro que tinha lido sobre um homem que se tinha perdido no deserto e tinha ficado sem comer e sem beber durante vários dias, e que depois tinha começado a imaginar restaurantes maravilhosos e fontes monumentais, mas que quando tentava comer ou beber, tudo o que agarrava nas mãos era areia. Bruno desconfiava que era isso que lhe estava a acontecer.

E enquanto pensava, sem se aperceber, os seus pés levavam-no para cada vez mais perto do pequeno ponto que tinha visto à distância e que entretanto se tinha transformado numa pinta que depois começou a dar sinais de ser uma pequena mancha. E, pouco depois, a mancha transformou-se num vulto para logo a seguir, à medida que se ia aproximando, Bruno perceber que o que estava a ver não era nem uma pinta nem uma mancha nem um vulto, mas sim uma pessoa.

Na verdade, tratava-se de um rapaz.

Bruno já tinha lido muitos livros sobre exploração para saber que uma pessoa nunca podia prever o que ia encontrar. A maior parte das vezes encontravam-se coisas interessantes que estavam quietinhas no seu canto à espera de serem descobertas (tal como a América). Outras vezes descobriam-se coisas que mais valia ficarem onde estavam (como um rato morto atrás de um armário).

O rapaz enquadrava-se na primeira categoria. Estava ali sentado à espera de ser descoberto.

Bruno abrandou quando viu o ponto que se tinha transformado numa pinta que se tinha transformado numa mancha que se tinha transformado num vulto que se tinha transformado num rapaz. E, apesar de existir uma vedação a separá-los, Bruno sabia que todo o cuidado era pouco no que tocava a estranhos e que era sempre bom aproximar-se deles com precaução. Por isso, continuou a andar e rapidamente se encontraram frente a frente.

– Olá – disse Bruno.

– Olá – disse o rapaz.

O rapaz era mais pequeno do que Bruno e estava sentado no chão com uma expressão de abandono. Usava um pijama igualzinho ao de todas as pessoas que viviam daquele lado da vedação e tinha na cabeça o mesmo barrete de pano, também às riscas. Não trazia meias nem sapatos e os pés estavam muito sujos. No braço tinha uma braçadeira com uma estrela.

Quando Bruno se aproximou, o rapaz estava sentado no chão de pernas cruzadas e olhos postos na poeira por baixo dele. Mas depois ele levantou os olhos e Bruno pôde ver-lhe a cara. Era também uma cara muito estranha. A pele era quase cinzenta, mas de um tom de cinzento que Bruno nunca tinha visto antes. Tinha os olhos grandes cor de caramelo e a parte branca era mesmo muito branca. E quando o rapaz olhou, tudo o que Bruno conseguiu ver foi um par de olhos enormes e tristes a fitá-lo.

Bruno estava certo de nunca ter visto um rapaz tão magro nem tão triste, mas achou melhor falar com ele.

– Ando a explorar terreno – disse.

– Ai sim? – perguntou o rapaz.

– Sim, há quase duas horas.

Isto não era bem verdade. Bruno andava a explorar há mais de uma hora, mas achou que não faria mal exagerar só um bocadinho. Não era a mesma coisa que mentir e este pequeno exagero ajudava-o a parecer mais aventureiro do que realmente era.

– Encontraste alguma coisa? – perguntou o rapaz.

– Quase nada.

– Mesmo nada?

– Bem, encontrei-te a ti – disse Bruno passado um momento.

Fixou os olhos no rapaz, cheio de vontade de lhe perguntar porque estava tão triste, mas hesitou por lhe parecer indelicado. Sabia que às vezes as pessoas tristes não gostavam que lhes perguntassem porque é que estavam tristes. Às vezes, deixavam escapar alguma coisa e outras simplesmente não paravam de falar no assunto meses a fio, mas nesta situação Bruno achou que era melhor esperar antes de dizer alguma coisa. Tinha descoberto algo durante a sua exploração e agora que finalmente tinha conseguido falar com alguém do outro lado da vedação achava que seria boa ideia aproveitar a oportunidade da melhor maneira.

Sentou-se no chão do seu lado da vedação e cruzou as pernas tal e qual o outro rapaz, a pensar que só queria ter trazido um bocadinho de chocolate, ou até um pastel, para poder partilhar com ele.

– Eu vivo na casa que fica do lado de cá da vedação – disse Bruno.

– A sério? Eu vi a casa uma vez, ao longe, mas a ti não te vi.

– O meu quarto fica no primeiro andar – disse Bruno. – De lá consigo ver por cima da vedação. E já agora, eu sou o Bruno.

– E eu sou o Shmuel – disse o rapaz.

Bruno fez uma careta sem saber se tinha ouvido bem.

– Como é mesmo o teu nome? – perguntou.

– Shmuel – disse o rapaz, como se fosse a coisa mais natural do mundo. – E como é o teu nome?

– Bruno – disse Bruno.

– Nunca ouvi esse nome – disse Shmuel.

– E eu nunca ouvi o teu – disse Bruno. – Shmuel. – E Bruno pensou sobre isso. – Shmuel – repetiu. – Gosto do som, quando o digo. Shmuel. Parece o vento a soprar.

– Bruno – disse Shmuel, acenando com a cabeça todo contente. – Acho que também gosto do teu nome. Parece o som de alguém a esfregar os braços para os aquecer.

– Nunca conheci ninguém chamado Shmuel – disse Bruno.

– Há montes de Shmuels deste lado da vedação – disse o rapazinho. – Provavelmente, centenas. Quem me dera ter um nome só meu.

– Nunca conheci ninguém chamado Bruno – disse Bruno. – Além de mim, claro. Acho que devo ser o único.

– Então tens sorte – disse Shmuel.

– Acho que sim. Quantos anos tens? – perguntou.

Shmuel pensou e olhou para os dedos, que se espetaram no ar como se estivesse a fazer contas.

– Tenho nove. Nasci a quinze de abril de mil novecentos e trinta e quatro.

Bruno olhou-o, surpreso.

– O que é que disseste?

– Disse que nasci a quinze de abril de mil novecentos e trinta e quatro.

Bruno arregalou os olhos e abriu a boca de espanto.

– Não acredito!

– Porquê? – perguntou Shmuel.

– Não é que não acredite em ti – disse Bruno, abanando a cabeça muito depressa. – Estou só admirado. É que o meu aniversário também é a quinze de abril. E também nasci em mil novecentos e trinta e quatro. Nascemos no mesmo dia.

Shmuel pensou e disse:

– Então também tens nove anos.

– Pois tenho. Não é estranho?

– Muito estranho – disse Shmuel. – Porque deste lado até pode haver dúzias de Shmuels, mas acho que nunca conheci nenhum que tivesse nascido no mesmo dia que eu.

– Parecemos gémeos – disse Bruno.

– Um bocadinho – concordou Shmuel.

De repente, Bruno sentiu-se muito feliz. Veio-lhe à memória uma imagem de Karl, Daniel e Martin, os seus três amigos para toda a vida, e, lembrando-se do quanto se divertiam juntos em Berlim, apercebeu-se de como se sentia só em Acho-Vil.

– Tens muitos amigos? – perguntou Bruno, pondo a cabeça um pouco de lado enquanto esperava pela resposta.

– Tenho – respondeu Shmuel. – Quer dizer, mais ou menos.

Bruno franziu o sobrolho. Estava com esperança que Shmuel dissesse que não e assim teriam mais uma coisa em comum.

– Amigos íntimos? – perguntou.

– Não muito íntimos – respondeu Shmuel. – Mas há muitos como nós deste lado da vedação, quero dizer, rapazes da nossa idade. Mas andamos à pancada muitas vezes. É por isso que eu venho para aqui. Para estar sozinho.

– É tão injusto – reclamou Bruno. – Não sei porque é que eu estou preso deste lado sem ninguém com quem falar nem com quem brincar, e tu tens montes de amigos e provavelmente passas horas a brincar. Tenho de falar com o pai sobre isso.

– De onde vens? – perguntou Shmuel, semicerrando os olhos e olhando Bruno com curiosidade.

– De Berlim.

– Onde fica isso?

Bruno ia responder, mas deu-se conta de que não sabia bem.

– Na Alemanha, claro – disse ele. – Tu não vens da Alemanha?

– Não, eu sou da Polónia – disse Shmuel.

Bruno franziu novamente o sobrolho e perguntou:

– Então porque é que falas alemão?

– Porque me disseste "olá" em alemão. Por isso respondi em alemão. E tu falas polaco?

– Não – respondeu Bruno com um risinho nervoso. – Não conheço ninguém que fale duas línguas. Muito menos da nossa idade.

– A minha mamã é professora na minha escola e ensinou-me alemão – explicou Shmuel. – E também fala francês. E italiano. E inglês. Ela é muito inteligente. Eu ainda não falo francês nem italiano, mas ela disse que ia ensinar-me inglês, porque um dia posso precisar.

– Polónia – disse Bruno, pensativo, analisando a palavra. – Não é um sítio tão bom como a Alemanha, pois não?

Shmuel franziu o sobrolho.

– E porque não? – perguntou.

– Bem, porque a Alemanha é o melhor país de todos – replicou Bruno relembrando o que, sem querer, tinha ouvido dizer mais de uma vez numa discussão entre o pai e o avô. – Nós somos superiores.

Shmuel fitou-o muito sério, mas não disse nada e Bruno sentiu uma estranha vontade de mudar de assunto, porque, no preciso momento em que estava a dizer aquelas palavras, elas não lhe soaram nada bem e a última coisa que queria era que Shmuel pensasse que ele estava a ser indelicado.

– E onde fica a Polónia? – perguntou após uns minutos de silêncio.

– Na Europa – respondeu Shmuel.

Bruno tentou lembrar-se dos países que tinha estudado nas últimas aulas de Geografia de *Herr* Listz.

– Já ouviste falar da Dinamarca? – perguntou.

– Não – respondeu Shmuel.

– Eu acho que a Polónia fica na Dinamarca – disse Bruno cada vez mais confuso, apesar de querer parecer muito esperto.

– Porque fica mesmo muito longe – acrescentou, perentório.

Shmuel olhou-o fixamente e abriu e fechou a boca duas vezes, como se estivesse a ponderar muito bem as próximas palavras.

– Mas isto aqui é a Polónia – disse ele finalmente.

– Ai é? – perguntou Bruno.

– É, sim senhor. E a Dinamarca fica muito longe, tanto da Polónia como da Alemanha.

Bruno franziu o sobrolho. Já tinha ouvido falar nesses sítios, mas achava sempre difícil metê-los na cabeça.

– Pois é – disse ele. – Mas é tudo relativo, não é? A distância.

Só desejava que pusessem o assunto de lado, ao mesmo tempo que punha a hipótese de estar completamente errado e tomava para si próprio a decisão de passar a prestar mais atenção às aulas de Geografia.

95

– Eu nunca estive em Berlim – disse Shmuel.

– E eu acho que nunca estive na Polónia antes de vir para aqui – disse Bruno, e era verdade, porque nunca lá tinha estado. – Quer dizer, se aqui for realmente a Polónia.

– Tenho a certeza de que é – disse Shmuel muito calmo. – Embora não seja uma parte muito agradável da Polónia.

– Pois não.

– De onde eu venho é muito mais bonito.

– De certeza que não é tão bonito como Berlim – disse Bruno. – Em Berlim tínhamos uma casa enorme com cinco andares, contando com a cave e o quartinho com a janela no cimo de tudo. E havia ruas bonitas, lojas com bancas de fruta e vegetais, e cafés. Mas se lá fores alguma vez não te aconselho a ires passear pelo centro ao sábado à tarde, porque há sempre muita gente e fartas-te de levar encontrões. E era muito mais agradável antes de as coisas mudarem.

– Mudarem como? – perguntou Shmuel.

– Bem, lá costumava ser muito sossegado – explicou Bruno, que não gostava de falar do que tinha mudado. – Eu podia ler à noite na cama. Mas agora é muito barulhento e assustador, e temos de apagar as luzes todas mal começa a escurecer.

– De onde eu venho é muito mais agradável que Berlim – disse Shmuel, que nunca tinha estado em Berlim. – Lá, toda a gente é simpática e a nossa família é muito grande e a comida também é muito melhor.

– Temos de concordar os dois que discordamos – concluiu Bruno, que não queria discutir com o seu novo amigo.

– Tudo bem – disse Shmuel.

– Gostas de explorações? – perguntou Bruno, passados alguns minutos.

– Nunca fiz nenhuma – admitiu Shmuel.

– Quando for grande vou ser explorador – disse Bruno, meneando a cabeça muito depressa. – Por agora não posso fazer muito mais do que ler livros sobre exploradores, mas isso significa que quando for explorador, pelo menos não vou cometer os mesmos erros que eles.

Shmuel franziu o sobrolho.

– Que tipo de erros? – perguntou.

– Montes de erros – explicou Bruno. – Nas explorações, o que tu tens de saber é se aquilo que encontraste valeu a pena ter sido encontrado. Algumas coisas ficam quietinhas no seu canto à espera de serem descobertas. Como a América. E outras coisas nem deviam ser descobertas. Como um rato morto atrás de um armário.

– Acho que pertenço à primeira categoria – disse Shmuel.

– Sim – replicou Bruno. – Acho que sim. Posso fazer-te uma pergunta? – acrescentou pouco depois.

– Podes – disse Shmuel.

Bruno pensou um bocadinho. Queria fazer a pergunta corretamente.

– Porque é que há tantas pessoas desse lado da vedação? – perguntou. – E o que é que vocês estão aí a fazer?

11

O FÚRIA

Alguns meses antes, logo depois de o pai receber o novo uniforme, o que queria dizer que toda a gente tinha de passar a tratá-lo por "Comandante", e antes de Bruno ter chegado a casa e encontrado Maria a fazer-lhe a mala, uma noite o pai chegou a casa todo alvoroçado, coisa que não era nada seu hábito, e entrou na sala de estar onde a mãe, Bruno e Gretel estavam sentados a ler.

– Quinta-feira à noite – anunciou. – Se tivermos planos para quinta-feira à noite, temos de os cancelar.

– Tu podes mudar os teus planos se quiseres – disse a mãe. – Mas eu já combinei ir ao teatro com...

– O Fúria tem um assunto para falar comigo – disse o pai, que podia interromper a mãe, mesmo que mais ninguém pudesse fazê-lo. – Recebi um telefonema esta tarde. O único dia em que ele está livre é quinta-feira e ele fez-se convidado para o jantar.

A mãe arregalou os olhos e ficou com a boca aberta de espanto. Bruno ficou a olhar para ela muito sério a pensar se seria assim que ele ficava quando alguma coisa o surpreendia muito.

– Não estás a falar a sério, pois não? – perguntou ela, empalidecendo. – Ele vem cá? A nossa casa?

O pai confirmou com um aceno de cabeça.

– Às sete horas – disse ele. – Por isso, é melhor pensarmos nalguma coisa especial para o jantar.

– Estou bem arranjada! – disse a mãe, olhando nervosamente para todos os lados, a pensar em tudo o que era preciso fazer.

– Quem é o Fúria? – perguntou Bruno.

– Estás a pronunciar mal – disse o pai, pronunciando corretamente para que Bruno percebesse.

– O Fúria – disse Bruno outra vez, tentando articular a palavra corretamente, mas sem conseguir.

– Não é assim – disse o pai. – O... Ora, deixa lá!

– Bem, afinal quem é ele? – perguntou Bruno novamente.

O pai fitou-o, perplexo.

– Sabes perfeitamente quem é o Fúria.

– Não sei, não – disse Bruno.

– É quem dirige o nosso país, seu idiota – disse Gretel, tentando exibir-se como faziam todas as irmãs. (Eram coisas como esta que a tornavam no tal Caso Perdido.) – Será que nunca lês os jornais?

– Por favor, não chames idiota ao teu irmão – disse a mãe.

– E estúpido, posso?

– Acho melhor não.

Gretel sentou-se outra vez, desiludida, mas ainda assim deitou a língua de fora a Bruno.

– Ele vem sozinho? – perguntou a mãe.

– Esqueci-me de perguntar – disse o pai. – Mas presumo que vá trazê-la com ele.

– Estou bem arranjada! – disse outra vez a mãe, levantando-se e contando de cabeça todas as coisas que tinha de organizar até quinta-feira, já daí a dois dias.

A casa teria de ser limpa de cima a baixo, as janelas lavadas, a mesa da sala de jantar pintada e envernizada, a comida encomendada, as fardas dos criados e do mordomo lavadas e engomadas e o serviço de jantar e os copos polidos até brilharem.

De uma maneira ou de outra, apesar de a lista de tarefas parecer crescer cada vez mais, a mãe conseguiu ter tudo pronto a tempo e horas, embora comentasse vezes sem conta que a noite ia correr muito melhor se certas pessoas ajudassem um pouco mais lá em casa.

Uma hora antes da hora marcada, Gretel e Bruno foram trazidos para baixo e receberam um convite muito raro para irem ao escritório do pai. Gretel estava de vestido branco e meias até ao joelho, e tinha o cabelo penteado em canudos. Bruno estava de calções castanho-escuros, camisa branca e gravata castanho-escura. Tinha estreado um par de sapatos para a ocasião, de que se orgulhava muito, apesar de serem muito pequenos e de lhe apertarem os pés, sendo muito complicado andar com eles. Todos estes preparativos e roupas chiques pareciam um pouco extravagantes, até porque nem Bruno nem Gretel tinham sido convidados para o jantar; eles tinham jantado uma hora antes.

– Muito bem, meninos – disse o pai, sentado à secretária, a olhar ora para o filho, ora para a filha, os dois de pé diante dele. – Sabem que temos uma noite muito especial pela frente, não sabem?

Eles disseram que sim com a cabeça.

– E que é muito importante para a minha carreira que tudo corra pelo melhor.

Acenaram novamente.

– Por isso existem algumas regras básicas que devem ser estabelecidas antes de começarmos.

O pai acreditava cegamente nas regras básicas. Sempre que havia uma ocasião especial ou importante, mais regras eram criadas pelo pai.

– Número um – disse o pai. – Quando o Fúria chegar, vocês ficam à espera no corredor, calados e preparados para o cumprimentarem. Não falam até ele vos dirigir a palavra e só então respondem num tom de voz claro, articulando perfeitamente cada palavra. Está entendido?

– Sim, pai – disse Bruno entre dentes.

– É precisamente este tipo de coisa que nós não queremos – disse o pai, referindo-se ao falar entre dentes. – Abres a boca e falas como um adulto. A última coisa de que precisamos é que um de vocês comece a portar-se como uma criança. Se o Fúria vos ignorar, vocês também não dizem nada, limitem-se a olhar em frente e mostrem o respeito e a cortesia que um grande líder como ele merece.

– Claro, pai – disse Gretel num tom de voz muito claro.

– E quando a mãe e eu estivermos a jantar com o Fúria, vocês vão os dois para os vossos quartos e fiquem lá muito sossegados. Não quero correrias nem escorregadelas pelo corrimão – nesta altura olhou deliberadamente para Bruno –, e não quero interrupções. Está entendido? Não quero que nem um nem outro andem por aí a arranjar confusões.

Bruno e Gretel acenaram com a cabeça e o pai levantou-se para mostrar que a reunião tinha chegado ao fim.

– Então as regras estão estabelecidas – disse o pai.

Daí a três quartos de hora a campainha da porta soou e a casa ficou em alvoroço. Bruno e Gretel tomaram os seus lugares lado a lado, junto às escadas, e a mãe colocou-se ao lado deles a torcer as mãos de tão nervosa que estava. O pai olhou para todos de relance e acenou, aparentemente satisfeito com o que via. Depois, foi abrir a porta.

Estavam duas pessoas lá fora: um homem baixote e uma mulher mais alta.

O pai saudou-os e convidou-os a entrar para o *hall*, onde Maria, com a cabeça ainda mais inclinada do que o costume, pegou nos seus casacos antes de serem feitas as apresentações. Eles cumprimentaram primeiro a mãe, o que deu a Bruno a oportunidade de olhar para os convidados e decidir, por si mesmo, se mereciam todo aquele rebuliço.

O Fúria era mais baixo do que o pai e, achava Bruno, não tão forte. Tinha o cabelo escuro cortado muito curto e um bigodinho minúsculo – era de facto tão minúsculo que Bruno não percebia porque é que ele se dava ao trabalho de o ter, ou então talvez se tivesse simplesmente esquecido daquele bocadinho quando se barbeara. No entanto, a mulher ao lado dele era a mulher mais bonita que Bruno alguma vez tinha visto. Tinha o cabelo loiro e uns lábios muito vermelhos e, enquanto o Fúria falava com a mãe ela virou-se, olhou para Bruno e sorriu-lhe, fazendo-o corar de vergonha.

– E estes são os meus filhos, Fúria – disse o pai enquanto Gretel e Bruno davam um passo em frente. – A Gretel e o Bruno.

– E quem é quem? – disse o Fúria, fazendo toda a gente rir, menos Bruno, que achou que era por de mais óbvio quem era quem e não via qual era a piada.

O Fúria estendeu a mão e cumprimentou-os e Gretel fez uma vénia cuidadosamente ensaiada. Bruno ficou contente quando ela se atrapalhou e quase caiu.

– Que crianças encantadoras – disse a bela mulher loira. – E quantos anos têm, se me é permitido perguntar?

– Eu tenho doze, mas ele só tem nove – disse Gretel, olhando para o irmão com desdém. – E também falo francês – acrescentou, o que não era de todo verdade, apesar de ter aprendido algumas frases na escola.

– Está bem, mas porque é que havias de querer falar essa coisa? – resmungou o Fúria, e desta vez ninguém se riu; muito pelo contrário, iam mudando nervosamente de posição, enquanto Gretel o olhava muito atrapalhada, sem saber se ele estava ou não à espera de resposta.

Porém, o assunto foi resolvido rapidamente assim que o Fúria, que era o convidado mais mal-educado que Bruno alguma vez tinha visto, lhes virou as costas e se encaminhou para a sala de jantar, sentando-se prontamente à cabeceira da mesa – no lugar do pai! – sem dizer uma palavra.

Um pouco desorientados, a mãe e o pai seguiram-no e a mãe fez sinal a Lars para começar a aquecer a sopa.

– Eu também falo francês – disse a bela mulher loira, baixando-se para as duas crianças e sorrindo. Ela não parecia ter tanto medo do Fúria como a mãe e o pai. – O francês é uma língua muito bonita e tu és muito inteligente por estares a aprendê-la.

– Eva – gritou o Fúria da outra sala, estalando os dedos como se ela fosse uma espécie de cachorrinho.

A mulher revirou os olhos, endireitou-se lentamente e virou-se.

– Gosto dos teus sapatos, Bruno, mas parecem estar um bocadinho apertados – acrescentou com um sorriso. – Se estiverem, tens de dizer à tua mãe antes que eles te magoem.

– Eles estão realmente um bocadinho apertados – admitiu Bruno.

– Eu não costumo usar o meu cabelo encaracolado – disse Gretel, com inveja da atenção que o irmão estava a receber.

– E porque não? – perguntou a mulher. – Fica tão bonito assim.

– Eva! – berrou o Fúria pela segunda vez, e desta vez ela começou a afastar-se deles.

– Gostei muito de conhecer os dois – disse, antes de entrar na sala de jantar e de se sentar do lado esquerdo do Fúria.

Gretel dirigiu-se para as escadas, mas Bruno ficou pregado ao chão a olhar para a mulher loira até ela olhar para ele e acenar, no preciso momento em que o pai apareceu e fechou as portas ao mesmo tempo que abanava a cabeça, pelo que Bruno percebeu que estava na hora de ir para o quarto, ficar quieto e não fazer barulho e, certamente, não escorregar pelo corrimão.

O Fúria e Eva estiveram lá em casa quase duas horas e nem Gretel nem Bruno foram chamados para se despedirem deles. Bruno viu-os da janela do quarto e reparou que, quando iam a entrar para o carro, que o impressionou por ter motorista, o Fúria não abriu a porta à sua companheira; pelo contrário, entrou e pôs-se a ler o jornal enquanto ela se despedia novamente da mãe e lhe agradecia pelo maravilhoso jantar.

"Que homem horrível", pensou Bruno.

Mais tarde, nessa mesma noite, ouviu bocados da conversa entre a mãe e o pai. Algumas frases escapavam-se pelo buraco da fechadura ou por baixo da porta do escritório do pai, subindo as escadas e ficando a pairar no patamar até entrarem por baixo da porta do quarto de Bruno. As vozes soavam estranhamente altas e Bruno conseguiu apenas perceber alguns fragmentos:

– ... deixar Berlim. E para um sítio desses... – dizia a mãe.

– ... não tenho escolha, pelo menos se quisermos continuar... – dizia o pai.

– ... como se fosse a coisa mais natural do mundo, mas não é, simplesmente não é... – dizia a mãe.

– ... o que acontecia era eu ser levado e tratado como um... – dizia o pai.

– ... esperas que eles cresçam num lugar como... – dizia a mãe.

– ... e o assunto está encerrado. Não quero ouvir falar mais neste assunto... – dizia o pai.

Isto deve ter sido o fim da conversa, porque depois a mãe saiu do escritório e Bruno adormeceu.

Uns dias mais tarde, quando chegou da escola, foi encontrar Maria no seu quarto a tirar tudo do roupeiro e a meter tudo em quatro grandes caixotes de madeira, até mesmo as coisas que ele tinha escondido atrás de tudo e que eram dele e só dele e não diziam respeito a mais ninguém, e é aqui que a história começa.

12

SHMUEL PENSA NUMA RESPOSTA PARA A PERGUNTA DE BRUNO

– Isto é tudo o que eu sei – começou Shmuel. – Antes de virmos para cá, eu vivia com a minha mãe, o meu pai e o meu irmão Josef num pequeno apartamento por cima da loja onde o papá fazia os relógios dele. Todas as manhãs às sete horas tomávamos o pequeno-almoço juntos e, enquanto estávamos na escola, o papá arranjava os relógios que as pessoas lhe traziam e também fazia relógios novos. Eu tinha um relógio muito bonito que ele me deu, mas agora já não o tenho. Era dourado. Dava-lhe corda todas as noites antes de adormecer e ele estava sempre certo.

– O que é que lhe aconteceu? – perguntou Bruno.

– Eles tiraram-mo – disse Shmuel.

– Quem?

– Os soldados, claro – disse Shmuel, como se fosse a coisa mais natural do mundo. – E então, um dia, as coisas começaram a mudar – continuou. – Cheguei da escola e a minha mãe estava a fazer umas braçadeiras com um tecido especial e a desenhar uma estrela em cada uma. Assim – disse ele, fazendo com o dedo um desenho no chão poeirento.

– E de cada vez que saíamos de casa, ela dizia que tínhamos de usar essa braçadeira.
– O meu pai também usa uma – disse Bruno. – No uniforme. É muito bonita. É vermelho-vivo com um desenho preto e branco – disse ele, fazendo com o dedo outro desenho no chão poeirento do seu lado da vedação.

– Sim, mas são diferentes, não são? – disse Shmuel.
– A mim nunca me deram nenhuma braçadeira – disse Bruno.
– Mas eu nunca pedi para usar nenhuma – disse Shmuel.
– Mesmo assim – disse Bruno. – Acho que ia gostar muito de usar uma braçadeira. Só não sei qual delas preferia, se a tua se a do meu pai.
Shmuel abanou a cabeça e continuou a sua história. Já não costumava pensar muito nestas coisas, porque quando se lembrava da vida antiga por cima da relojoaria ficava muito triste.
– Usámos as braçadeiras durante alguns meses – disse ele.
– E então as coisas voltaram a mudar. Um dia cheguei a casa e a mamã disse que não podíamos continuar a viver na nossa casa…
– Eu também! – gritou Bruno, contente por não ter sido o único a ter de mudar de casa. – Sabes, o Fúria foi lá jantar e quando dei por mim já tínhamos mudado de casa. E eu *odeio* isto aqui – acrescentou, levantando a voz. – Ele também foi a tua casa?
– Não, mas quando nos disseram que não podíamos continuar a viver na nossa casa, tivemos de nos mudar para outra parte de Cracóvia, onde os soldados tinham construído um muro enorme, e eu, a minha mãe, o meu pai e o meu irmão tínhamos todos de viver só num quarto.

– Todos? – perguntou Bruno. – Só num quarto?

– E não era só isso – disse Shmuel. – Havia outra família a viver lá, a mãe e o pai estavam sempre a discutir e um dos filhos, que era maior do que eu, batia-me, mesmo quando eu não fazia nada de mal.

– Vocês não podem ter vivido todos num quarto – disse Bruno, abanando a cabeça. – Isso não faz sentido.

– Todos – disse Shmuel, acenando. – Onze ao todo.

Bruno abriu a boca para o contradizer novamente. Na verdade, ele não acreditava que onze pessoas pudessem viver todas no mesmo quarto. Mas mudou de ideias.

– Vivemos lá durante mais uns meses – continuou Shmuel –, todos apinhados naquele quarto. Havia uma janela pequena, mas eu não gostava de olhar lá para fora, porque se conseguia ver o muro e eu odiava-o, porque a nossa verdadeira casa era do outro lado. E esta parte da cidade era a parte má, ouvia-se sempre muito barulho e não se conseguia dormir. Eu odiava o Luka, o rapaz que estava sempre a bater-me, mesmo quando eu não fazia nada de mal.

– A Gretel às vezes bate-me – disse Bruno. – É a minha irmã – acrescentou. – E é um Caso Perdido. Mas não tarda nada vou ser maior e mais forte do que ela e aí ela vai ver o que é bom para a tosse.

– Até que um dia os soldados chegaram com camiões enormes – continuou Shmuel, que parecia não estar muito interessado em Gretel – e disseram a toda a gente que saísse das casas. Muitos deles recusaram-se, escondendo-se onde podiam, mas no fim acho que os apanharam a todos. Os camiões levaram-nos até um comboio, mas o comboio...

Hesitou um momento e mordeu o lábio.

Bruno achou que ele ia começar a chorar, mas não conseguia perceber porquê.

– O comboio era horrível – disse Shmuel. – Para começar, éramos muitos nas carruagens, não conseguíamos respirar e cheirava muito mal.

– Isso foi porque vocês foram todos para o mesmo comboio – disse Bruno, lembrando-se dos dois comboios que tinha visto na estação quando partira de Berlim. – Quando viemos para cá, havia outro parado do outro lado da plataforma, mas parecia que ninguém o via. Foi esse que nós apanhámos. Vocês também deviam ter apanhado esse.

– Acho que não nos deixavam – disse Shmuel, abanando a cabeça. – Não nos deixavam sair da nossa carruagem.

– As portas eram ao fundo – explicou Bruno.

– Não havia portas nenhumas – disse Shmuel.

– É claro que havia – disse Bruno, suspirando. – Eram ao fundo – repetiu. – A seguir ao bar.

– Não havia portas – insistiu Shmuel. – Se houvesse, tínhamos saído.

Bruno disse qualquer coisa entre dentes, tipo "Claro que havia", mas não muito alto para Shmuel não ouvir.

– Quando o comboio finalmente parou – continuou Shmuel –, estávamos num sítio muito frio e tivemos de vir a pé até aqui.

– Nós viemos de carro – disse Bruno, já em voz alta.

– A mamã foi separada de nós. Eu, o pai e o Josef fomos levados para aqueles barracões e é aí que temos vivido até agora.

Quando acabou de contar a história, Shmuel parecia muito triste, mas Bruno não sabia porquê; não lhe parecia uma coisa assim tão má e, afinal de contas, a ele tinha-lhe acontecido quase o mesmo.

– Há muitos rapazes desse lado? – perguntou Bruno.

– Centenas – disse Shmuel.

Bruno arregalou os olhos.

– Centenas? – exclamou, espantado. – Isso não é nada justo. Deste lado não tenho ninguém com quem brincar. Ninguém.

– Nós não brincamos – disse Shmuel.

– Não brincam? E porque não?

– A que é que havíamos de brincar? – perguntou Shmuel, parecendo confuso só de pensar nisso.

– Bem, não sei – disse Bruno. – A todo o tipo de coisas. Futebol, por exemplo. Ou aos exploradores. De qualquer maneira, como é que é a exploração desse lado? Vale a pena?

Shmuel abanou a cabeça e não respondeu. Olhou para trás, para os barracões e novamente para Bruno. Não queria fazer a próxima pergunta, mas as dores no estômago obrigaram-no.

– Não trazes comida nenhuma contigo, pois não? – perguntou Shmuel.

– Desculpa, mas não trago – disse Bruno. – Estava a pensar trazer um bocadinho de chocolate, mas esqueci-me.

– Chocolate – disse Shmuel muito devagar, com água na boca.

– Só comi chocolate uma vez.

– Só uma? Eu adoro chocolate. Por mais que coma nunca me farto, apesar de a minha mãe dizer que me vai fazer apodrecer os dentes.

– E pão, tens?

Bruno abanou a cabeça.

– Nadinha. O jantar só é servido às seis e meia. A que horas é que tu jantas?

Shmuel encolheu os ombros e pôs-se em pé.

– Acho que é melhor ir-me embora.

– Talvez possas ir jantar connosco uma noite destas – disse Bruno, embora não tivesse a certeza de que fosse muito boa ideia.

– Talvez – disse Shmuel, não parecendo muito convencido.

– Ou então eu podia ir ter contigo – disse Bruno. – Talvez possa ir conhecer os teus amigos – acrescentou, esperançoso.

Estava à espera de que fosse Shmuel a convidá-lo, mas não via sinal de que isso fosse acontecer.

– Mas tu estás do lado errado da vedação – disse Shmuel.

– Podia passar por baixo – disse Bruno, baixando-se e levantando a rede.

No meio, entre os postes do telégrafo, a rede era fácil de levantar e um rapaz do tamanho de Bruno conseguia passar sem problemas.

Shmuel viu-o fazer isto e recuou, nervoso.

– Tenho de me ir embora.

– Uma outra tarde, então – disse Bruno.

– Eu não devia estar aqui. Se me apanham, meto-me em apuros.

Virou costas a Bruno e foi-se embora, e Bruno reparou novamente como era pequeno e magro o seu novo amigo. Não fez qualquer comentário, porque sabia bem que era muito desagradável ser-se criticado por algo tão ridículo como a altura e a última coisa que ele queria era ser cruel com Shmuel.

– Amanhã eu volto – gritou Bruno, quando o rapaz já se afastava, mas Shmuel não respondeu; na verdade, desatou até a correr de volta ao campo, deixando Bruno sozinho.

Bruno decidiu que já chegava de exploração para um dia só e voltou para casa, excitadíssimo com o que tinha acontecido, ansioso por contar à mãe, ao pai e à Gretel – que ia rebentar de inveja – e à Maria, à cozinheira e ao Lars tudo sobre a sua aventura daquela tarde, sobre o seu novo amigo com um nome tão engraçado e sobre o facto de terem nascido no mesmo dia, mas à medida que se ia aproximando de casa, mais ia achando que talvez não fosse boa ideia contar.

"Afinal", pensou Bruno, "eles podem não querer que eu continue a ser amigo dele e, se isso acontecer, podem até proibir-me de vir cá para fora."

Na altura em que entrou pela porta da frente e sentiu o cheiro da carne que estava a assar no forno para o jantar, decidiu que por enquanto era melhor guardar a história só para si e não tocar no assunto. Ia ser um segredo só dele. Bem, dele e do Shmuel.

Bruno achava que, no que tocava aos pais e em especial às irmãs, quanto menos soubessem melhor, porque quem não sabe é como quem não vê.

13

A GARRAFA DE VINHO

Com o passar das semanas, Bruno começou a perceber que não ia voltar para Berlim nos tempos mais próximos, que bem podia esquecer as escorregadelas pelo corrimão da sua rica casa e que não ia voltar a ver Karl, Daniel ou Martin tão cedo.

No entanto, com o passar dos dias começou a habituar-se a Acho-Vil e deixou de se sentir tão infeliz com a sua nova vida. Afinal, já tinha alguém com quem conversar. Todas as tardes, depois das aulas, Bruno dava um grande passeio ao longo da vedação e ficava sentado a falar com o seu novo amigo Shmuel até serem horas de regressar, e isto começou a compensar todas as vezes que sentia saudades de Berlim.

Uma tarde, enquanto enchia os bolsos com pão e queijo que tirara do frigorífico da cozinha para levar, Maria entrou e ficou estática ao ver o que ele estava a fazer.

– Olá – disse Bruno, tentando parecer o mais natural possível. – Pregaste-me cá um susto. Não te ouvi chegar.

– Está novamente a comer? – perguntou Maria, sorrindo. – Almoçou, não almoçou? Ainda tem fome?

– Um bocadinho – disse Bruno. – Vou dar um passeio e talvez fique com fome pelo caminho.

Maria encolheu os ombros e foi para o fogão, onde pôs uma panela com água a aquecer. Ao lado, no balcão, estava um monte de batatas e cenouras prontas para Pavel descascar quando chegasse, mais para o final da tarde. Bruno estava prestes a sair, quando reparou na comida e se lembrou de fazer uma pergunta que lhe andava a bailar na mente já há algum tempo. Não tinha conseguido pensar em ninguém a quem fazer esta pergunta, mas agora parecia-lhe o momento oportuno e a pessoa certa.

– Maria, posso fazer-te uma pergunta?

A criada virou-se e olhou para ele intrigada.

– Claro, Menino Bruno – disse ela.

– E se te fizer esta pergunta, prometes que não dizes nada a ninguém?

Ela olhou-o desconfiada, mas assentiu.

– Está bem – disse ela. – O que é que quer saber?

– É sobre o Pavel – disse Bruno. – Tu conhece-lo, não conheces? O homem que vem descascar os vegetais e que depois serve à mesa.

– Claro – disse Maria, sorrindo. Parecia aliviada por a pergunta não ser acerca de algo mais sério. – Sim, conheço o Pavel. Já falámos várias vezes. Porque pergunta?

– Bem – disse Bruno, escolhendo bem as palavras para não dizer nada que não devesse. – Lembras-te que, uns dias depois de termos chegado, fiz um baloiço no carvalho, caí e magoei o joelho?

– Sim – disse Maria. – Não lhe está a doer outra vez, pois não?

– Não, não é isso – disse Bruno. – Mas quando me aleijei, o Pavel era o único adulto por perto. Ele trouxe-me para aqui, limpou a ferida, lavou-a e pôs-lhe um remédio verde que me ardeu muito, mas acho que lhe fez bem, e depois pôs-lhe um penso.

– Isso era o que qualquer um teria feito se alguém se magoasse – disse Maria.

– Eu sei – continuou. – Só que depois ele disse que não era criado coisa nenhuma.

A cara de Maria pôs-se muito séria e ela não disse nada por alguns segundos, limitando-se a olhar para outro lado e a humedecer os lábios antes de acenar com a cabeça.

– Estou a ver – disse ela. – E então o que é que ele disse que era?

– Disse que era médico. O que não me pareceu de todo verdade. Ele não é médico nenhum, pois não?

– Não – disse Maria, abanando a cabeça. – Não, ele não é médico. Ele é um criado.

– Eu sabia – disse Bruno, satisfeito consigo próprio. – Então porque é que ele me mentiu? Não faz sentido.

– O Pavel já não é médico, Bruno – disse Maria baixinho. – Mas era. Numa outra vida. Antes de vir para aqui.

Bruno franziu as sobrancelhas e pôs-se a pensar.

– Não percebo – disse ele.

– São poucos os que conseguem perceber – disse Maria.

– Mas se ele era médico, porque é que já não é?

Maria suspirou e olhou lá para fora para ter a certeza de que não vinha ninguém; depois, apontou para as cadeiras e sentaram-se os dois.

– Se lhe contar o que o Pavel me contou sobre a vida dele não pode contar a ninguém... está a perceber? Íamos arranjar muitos problemas.

– Eu não vou contar a ninguém – disse Bruno, que gostava muito que lhe contassem segredos e quase nunca os espalhava, exceto, claro, quando era estritamente necessário e não havia mais nada a fazer.

– Está bem – disse Maria. – Isto é tudo o que eu sei.

Bruno chegou atrasado ao lugar onde todos os dias se encontrava com Shmuel, mas, como de costume, o seu novo amigo estava sentado no chão, de pernas cruzadas, à sua espera.

– Desculpa o atraso – disse Bruno, passando algum pão e queijo pelo arame, os restos do que tinha comido pelo caminho, quando acabou por sentir um bocadinho de fome. – Estive a falar com a Maria.

– Quem é a Maria? – perguntou Shmuel, sem levantar os olhos, enquanto devorava avidamente o pão e o queijo.

– É a nossa criada – explicou Bruno. – É muito simpática, embora o meu pai diga que ganha mais do que merece. Mas ela esteve a falar comigo sobre o Pavel, o homem que nos prepara os vegetais e nos serve à mesa. Acho que ele vive do teu lado da vedação.

Shmuel levantou os olhos por um instante e parou de comer.

– Do meu lado? – perguntou.

– Sim. Não o conheces? É muito velho e tem um casaco branco que veste para nos servir o jantar. De certeza que já o viste por aí.

– Não – disse Shmuel, abanando a cabeça. – Não conheço.

– Se calhar até conheces – disse Bruno, irritado, como se Shmuel estivesse a contrariá-lo de propósito. – Ele não é tão alto como alguns adultos, tem o cabelo grisalho e é um bocadinho curvado.

– Acho que não fazes ideia do número de pessoas que vivem deste lado da vedação – disse Shmuel. – Somos milhares.

– Mas o nome deste é Pavel – insistiu Bruno. – Quando caí do baloiço ele limpou-me a ferida para não infetar e pôs-lhe um penso. De qualquer maneira, queria falar-te dele porque ele também vem da Polónia. Como tu.

– A maior parte de nós vem da Polónia – disse Shmuel. – Mas também há gente de outros lugares, como da Checoslováquia e…

– Sim, por isso é que pensei que talvez o conhecesses. Em todo o caso, ele era médico na cidade dele antes de vir para cá, mas agora já não pode mais ser médico e se o meu pai descobrisse que ele me tinha tratado o joelho quando me magoei, então íamos ter muitos problemas.

– Normalmente, os soldados não gostam que as pessoas melhorem – disse Shmuel, engolindo o último pedaço de pão. – Costuma é ser ao contrário.

Bruno acenou com a cabeça, apesar de não ter percebido muito bem o que Shmuel queria dizer, e pôs-se a olhar para o céu. Passados alguns minutos, olhou para ele através do arame farpado e fez outra pergunta em que andava a matutar.

– Já sabes o que queres ser quando fores grande? – perguntou.

– Sim – disse Shmuel. – Quero trabalhar num jardim zoológico.

– Num jardim zoológico?

– Gosto de animais – disse Shmuel calmamente.

– Eu quero ser soldado – disse Bruno com determinação. – Como o meu pai.

– Eu não ia gostar de ser soldado – disse Shmuel.

– Não digo como o tenente Kotler – disse Bruno muito depressa. – Não quero ser um desses que andam por aí como se fosse tudo deles, que se ri com a tua irmã e passa a vida aos segredinhos com a tua mãe. Estou a falar de um soldado como o meu pai. Um soldado dos bons.

– Não existem soldados bons – disse Shmuel.

– Claro que existem – contrapôs Bruno.

– Quem?

– Bem, o meu pai, por exemplo – disse Bruno. – É por isso que usa aquele uniforme impressionante e todos o tratam por Comandante e fazem tudo o que ele manda. O Fúria tem grandes planos para ele por ser um soldado tão bom.

– Não há soldados bons – repetiu Shmuel.

– Exceto o meu pai – repetiu Bruno, que só esperava que Shmuel não dissesse aquilo outra vez, pois não queria discutir com ele.

Afinal, ele era o seu único amigo em Acho-Vil. Mas o pai era o pai, e Bruno não achava bem que alguém dissesse mal dele.

117

Ficaram os dois calados por uns minutos, nenhum deles querendo dizer alguma coisa de que pudesse vir a arrepender-se.

– Não sabes como é isto deste lado – disse finalmente Shmuel, tão baixinho que Bruno mal conseguia ouvir.

– Não tens irmãs, pois não? – perguntou Bruno muito depressa, fingindo não ter ouvido, porque assim não tinha de responder.

– Não – disse Shmuel, abanando a cabeça.

– Tens muita sorte – disse Bruno. – A Gretel tem só doze anos, mas pensa que sabe tudo, quando na verdade não passa de um Caso Perdido. Senta-se à janela e quando vê o tenente Kotler corre pelas escadas abaixo para o corredor e finge que já lá estava. No outro dia apanhei-a a fazer isso e quando ele entrou ela deu um salto e disse: "Tenente Kotler, não sabia que aqui estava", mas eu sei que ela já lá estava à espera dele.

Bruno disse tudo isto sem olhar para Shmuel, mas quando o fez, viu que o amigo estava ainda mais pálido do que o costume.

– O que é que se passa? – perguntou. – Parece que vais vomitar.

– Não gosto de falar nele – disse Shmuel.

– Em quem? – perguntou Bruno.

– No tenente Kotler. Ele assusta-me.

– A mim também me assusta um bocadinho – admitiu Bruno. – É um rufia. E tem um cheiro esquisito. É daquela água-de--colónia que ele põe. – E então Shmuel começou a tremer e Bruno olhou em volta, como se pudesse ver, em vez de sentir, se estava frio ou não. – O que é que se passa? – perguntou. – Não está assim tanto frio, pois não? Sabes, devias ter trazido um blusão. Os fins de tarde estão a ficar cada vez mais frescos.

Mais tarde, nessa mesma noite, Bruno ficou desiludido ao descobrir que o tenente Kotler ia jantar com ele, a mãe, o pai e Gretel. Como de costume, Pavel tinha vestido o seu casaco branco para servir o jantar.

Bruno pôs-se a observar Pavel enquanto ele andava à volta da mesa, mas de cada vez que olhava para ele apercebia-se de que Pavel estava triste e começou a pensar se o casaco branco de criado que ele usava seria o mesmo casaco branco que usava dantes, quando era médico. Depois de trazer os pratos e os colocar diante de cada pessoa, dava alguns passos atrás em direção à parede enquanto eles comiam e conversavam, e aí ficava, completamente imóvel, sem olhar para a frente nem nada. Era como se tivesse adormecido de olhos abertos.

Sempre que alguém precisava de alguma coisa, Pavel trazia-a imediatamente, mas quanto mais Bruno o observava, mais se convencia de que algo muito mau ia acontecer. Ele parecia mingar de semana para semana, se é que tal coisa era possível, e a cor que deveria estar nas suas bochechas evaporara-se quase completamente. Os olhos pareciam carregados de lágrimas e Bruno pensou que o mínimo pestanejar provocaria uma torrente.

Quando Pavel entrou com os pratos, Bruno não conseguiu deixar de reparar que as mãos dele tremiam ligeiramente sob o seu peso. E quando se colocou na posição habitual, parecia ter as pernas bambas, tendo mesmo de se apoiar com uma mão à parede. A mãe teve de lhe pedir duas vezes para lhe servir mais sopa antes que ele ouvisse e deixou a garrafa de vinho vazia sem abrir outra a tempo de encher o copo do pai.

– *Herr* Liszt não nos deixa ler poesia nem peças de teatro – queixou-se Bruno durante o prato principal.

Como tinham companhia para jantar, toda a família estava vestida a rigor, o pai de uniforme, a mãe com um vestido verde que combinava com os seus olhos e Gretel e Bruno com as roupas que levavam à igreja quando viviam em Berlim.

– Perguntei-lhe se as podíamos ler só uma vez por semana, mas ele disse que não, não enquanto ele fosse o responsável pela nossa educação – continuou Bruno.

– Tenho a certeza de que ele tem as suas razões – disse o pai, atacando a perna de borrego.

– Ele só quer que a gente estude História e Geografia – disse Bruno. – E eu já começo a odiar a História e a Geografia.

– Não digas que odeias, Bruno, por favor – disse a mãe.

– Porque é que odeias História? – perguntou o pai, pousando o garfo por um instante e olhando para o outro lado da mesa, onde estava Bruno, que encolheu os ombros, um mau hábito que tinha.

– Porque é uma chatice – disse ele.

– Uma chatice? – repetiu o pai. – Um filho meu a chamar "uma chatice" ao estudo da História? Deixa-me dizer-te uma coisa, Bruno. – E continuou, debruçando-se e apontando a faca para o filho. – Foi a História que nos trouxe até aos tempos de hoje. Se não fosse a História, nenhum de nós estava hoje sentado a esta mesa. Estaríamos calmamente sentados à mesa da nossa casa de Berlim. Estamos aqui a corrigir a História.

– Continua a ser uma chatice – repetiu Bruno, que não estava a prestar atenção nenhuma.

– Vai ter de desculpar o meu irmão, tenente Kotler – disse Gretel, pondo-lhe a mão no braço por um instante, o que fez a mãe olhar para ela com desagrado. – Ele é um miúdo muito ignorante.

– Eu não sou ignorante – interrompeu Bruno, que já estava farto de ser insultado por ela. – Vai ter de desculpar a minha irmã, tenente Kotler – acrescentou educadamente –, mas ela é um Caso Perdido. Pouco podemos fazer por ela. Os médicos dizem que já não tem cura.

– Cala-te – disse Gretel, corando.

– Cala-te tu – disse Bruno com um sorriso de orelha a orelha.

– Por favor, meninos – disse a mãe.

O pai bateu com a faca na mesa e toda a gente se calou. Bruno olhou de relance na sua direção. Não parecia propriamente zangado, mas via-se que não ia aturar muitas mais discussões.

– Eu gostava muito de História quando era mais novo – disse o tenente Kotler após uma breve pausa. – Preferia as Ciências

Sociais às Artes e Letras, mesmo sendo o meu pai professor de Literatura na universidade.

– Não sabia disso, Kurt – disse a mãe, virando-se para ele por um instante. – E ainda dá aulas?

– Suponho que sim – disse o tenente Kotler. – Não sei ao certo.

– Mas... como é que não sabe? – perguntou ela, franzindo as sobrancelhas. – Não se mantém em contacto com ele?

O jovem tenente mastigava um pedaço de borrego e isto deu--lhe tempo para pensar numa resposta. Depois, olhou para Bruno como se estivesse arrependido de ter tocado sequer no assunto.

– Kurt – repetiu a mãe –, não se mantém em contacto com o seu pai?

– Nem por isso – respondeu ele, encolhendo os ombros com indiferença e sem olhar para ela. – Ele saiu da Alemanha há alguns anos. Mil novecentos e trinta e oito, penso que foi por essa altura. Não o vejo desde então.

O pai parou de comer por um instante e fitou o tenente Kotler, franzindo ligeiramente as sobrancelhas.

– E para onde é que ele foi? – perguntou.

– Desculpe, *Herr* Comandante? – disse o tenente Kotler, apesar de o pai ter feito a pergunta num tom de voz muito claro.

– Perguntei para onde foi – repetiu –, o seu pai, o professor de Literatura. Para onde é que ele foi quando saiu da Alemanha?

O tenente Kotler corou ligeiramente e gaguejou um pouco quando disse finalmente:

– Acho... Acho que atualmente está na Suíça. A última coisa que soube era que estava a dar aulas na universidade de Berna.

– Ah, mas a Suíça é um país muito bonito – disse rapidamente a mãe. – Nunca lá estive, admito, mas pelo que ouço dizer...

– Ele não pode ser muito velho... o seu pai – disse o pai, calando-os a todos com a sua voz de trovão. – Quer dizer, você tem apenas... o quê? Dezassete? Dezoito anos?

– Fiz dezanove anos há pouco tempo, *Herr* Comandante.

– Então o seu pai deve andar pelos... quarenta, suponho.

121

O tenente Kotler não respondeu e continuou a comer, embora não parecesse estar a apreciar muito a comida.

– É estranho que tenha escolhido não ficar na terra-mãe – disse o pai.

– Não somos muito chegados, eu e o meu pai – disse o tenente Kotler rapidamente, olhando em volta para todos, como se lhes devesse uma explicação. – Na verdade, não nos falamos há anos.

– E que razão deu ele, se não é indiscrição perguntar – continuou o pai –, para abandonar a Alemanha num momento de tamanha glória e necessidade vital, quando é imprescindível que todos desempenhem o seu papel no renascer da nação? Estava tuberculoso?

O tenente Kotler ficou a olhar para o pai, confuso.

– Desculpe?

– Foi para a Suíça por causa dos ares? – explicou o pai. – Ou teve alguma razão em particular para sair da Alemanha? Em mil novecentos e trinta e oito... – acrescentou passados uns instantes.

– Lamento muito, mas não lhe sei responder, *Herr* Comandante – disse o tenente Kotler. – Teria de lhe perguntar.

– Bem, isso seria extremamente difícil, não acha? Estando ele tão longe, quero dizer. Mas talvez fosse isso. Talvez estivesse doente. – O pai hesitou um pouco antes de pegar na faca e no garfo novamente para continuar a comer. – Ou terá sido por causa de... dissidências?

– Dissidências, *Herr* Comandante?

– Com as políticas governamentais. Têm-se ouvido histórias, de tempos a tempos, de homens assim. Indivíduos curiosos, imagino. Alguns deles perturbados. Outros, traidores. Cobardes também. Mas é claro que informou os seus superiores das ideias do seu pai, certo, tenente Kotler?

O jovem tenente abriu a boca e depois engoliu, apesar de não estar a comer nada.

– Deixe lá – disse o pai animadamente. – Talvez não seja uma conversa apropriada para se ter ao jantar. Podemos falar sobre isso detalhadamente mais tarde.

– *Herr* Comandante – disse o tenente Kotler, aproximando--se ansiosamente –, posso assegurar-lhe...

– Não é uma conversa apropriada para se ter ao jantar – repetiu o pai, perentório, silenciando-o de imediato, enquanto os olhos de Bruno saltitavam de um para o outro, desfrutando e, ao mesmo tempo, temendo o ambiente criado.

– Eu ia adorar ir à Suíça – disse Gretel, depois de um longo silêncio.

– Come, Gretel – disse a mãe.

– Mas eu só estava a dizer que...

– Come – repetiu a mãe, e ia dizer mais qualquer coisa quando foi interrompida pelo pai, a chamar novamente Pavel.

– O que é que se passa contigo esta noite? – perguntou-lhe enquanto ele abria outra garrafa. – Já é a quarta vez que tenho de pedir mais vinho.

Bruno observava-o, desejando que ele estivesse a sentir-se bem, embora tivesse conseguido tirar a rolha sem acidentes. Mas depois de ter enchido o copo do pai e de se ter virado para servir o tenente Kotler, não conseguiu segurar na garrafa e esta caiu com estrépito, a fazer *glu-glu-glu* e a derramar o conteúdo diretamente para o colo do jovem tenente.

O que aconteceu a seguir foi inesperado e extremamente desagradável. O tenente Kotler ficou muito zangado com Pavel e ninguém, nem Bruno nem Gretel, nem a mãe e nem sequer o pai, se intrometeram e o impediram de fazer o que ele fez a seguir, apesar de nenhum deles conseguir olhar, apesar de isso ter feito Bruno chorar e Gretel empalidecer.

Mais tarde, nessa mesma noite, quando Bruno se foi deitar, pensou em tudo o que se tinha passado ao jantar. Lembrou-se de como Pavel tinha sido amável com ele na tarde em que fizera o baloiço, de como fizera a ferida parar de sangrar e de como tinha sido carinhoso quando lhe aplicara o unguento verde. Apesar de Bruno saber que o pai era normalmente um homem amável e atencioso, parecia-lhe injusto ou incorreto que ninguém tivesse impedido que o tenente Kotler se zangasse tanto com Pavel, e se era este o tipo de coisas que se passavam em Acho-Vil, então o melhor era não discordar mais de ninguém sobre nada; de facto, o melhor era manter a boca fechada e não arranjar confusões. Alguém podia não gostar.

A sua antiga vida em Berlim era agora apenas uma recordação muito vaga e ele mal se lembrava das caras de Karl, Daniel ou Martin; apenas de que um deles era ruivo.

14

BRUNO CONTA UMA MENTIRA PERFEITAMENTE ACEITÁVEL

Depois de isto ter acontecido, durante várias semanas Bruno continuou a sair de casa após *Herr* Liszt se ir embora, enquanto a mãe estava a fazer a sesta, e fazia uma longa caminhada até ao fundo da vedação para se ir encontrar com o seu amigo Shmuel, que quase todas as tardes estava à sua espera sentado no chão, de pernas cruzadas e olhos pousados na poeira.

Uma tarde, Shmuel tinha um olho negro, mas quando Bruno lhe perguntou o que tinha acontecido, ele limitou-se a abanar a cabeça, dizendo que não queria falar disso. Bruno supôs que houvesse rufias em todo o lado e não apenas nas escolas de Berlim, e que um deles tivesse feito aquilo ao Shmuel. Sentiu uma grande vontade de ajudar o amigo, mas não conseguia lembrar-se de nada que pudesse fazer para o ajudar a ficar melhor, apesar de se aperceber de que Shmuel queria esquecer o que se tinha passado.

Todos os dias Bruno perguntava a Shmuel se podia passar por baixo da vedação para poderem brincar daquele lado, mas todos os dias Shmuel dizia que não, que não era boa ideia.

– De qualquer maneira, não percebo porque é que estás tão ansioso para vires para este lado – disse Shmuel. – Isto aqui não é nada agradável.

– Não sabes como é viver na minha casa – disse Bruno. – Para começar, não tem cinco andares, tem só três. Como é que alguém pode viver num sítio tão pequeno?

Já se tinha esquecido da história que Shmuel contara, que antes de terem vindo para ali tinham vivido num só quarto onde estavam onze pessoas, incluindo Luka, o rapaz que passava a vida a bater-lhe, mesmo quando ele não fazia nada de mal.

Um dia, Bruno perguntou-lhe porque é que todas as pessoas daquele lado da vedação usavam o mesmo pijama e barrete de pano às riscas.

– Foi o que nos deram quando aqui chegámos – explicou Shmuel. – Eles tiraram-nos todas as outras roupas que nós tínhamos.

– Mas nunca acordaste com vontade de vestir uma coisa diferente? Deves ter mais alguma coisa no teu roupeiro.

Shmuel piscou os olhos e abriu a boca para responder, mas depois pensou melhor.

– Nem sequer gosto de riscas – disse Bruno, embora isto não fosse verdade.

De facto, ele até gostava de riscas e já estava farto de ter de usar calças, camisas e sapatos demasiado apertados, ao passo que Shmuel e os amigos podiam andar de pijama às riscas todo o dia.

Uns dias depois, Bruno acordou e, pela primeira vez em várias semanas, estava a chover torrencialmente. Tinha começado durante a noite e ele até achava que a chuva o tinha acordado de noite, mas depois de estar acordado era difícil saber ao certo o que tinha acontecido. A chuva continuou durante o pequeno-almoço. E durante as aulas da manhã até à hora do almoço. E até acabarem mais uma aula da tarde, História e Geografia. Eram más notícias, porque assim não podia sair de casa e ir encontrar-se com Shmuel.

Naquela tarde, Bruno estava deitado na cama com um livro nas mãos, mas não conseguia concentrar-se, até que o Caso Perdido veio ter com ele. Mesmo quando tinha tempo livre não costumava ir ao quarto de Bruno, preferindo passar a vida a arrumar e voltar a arrumar a sua coleção de bonecas. Mas parecia que o mau tempo a tinha feito parar com esse joguinho e, pelo menos por enquanto, ela não conseguia recomeçá-lo.

– O que é que tu queres? – perguntou Bruno.

– Que receção agradável – disse Gretel.

– Estou a ler – disse Bruno.

– O que é que estás a ler? – perguntou ela.

Bruno, em vez de responder, virou simplesmente a capa do livro para ela mesma poder ver.

Gretel retorquiu com um audível "Pfff" e algum do seu cuspo foi parar à cara de Bruno.

– Que porcaria – disse ela numa voz cantarolada.

– Não é nada chato – disse Bruno. – É uma aventura. Com certeza que é melhor do que brincar com bonecas.

Desta vez, Gretel não mordeu o isco.

– O que estás a fazer? – repetiu ela, irritando Bruno ainda mais.

– Já te disse que estou a tentar ler – resmungou ele. – Se certas pessoas me deixassem em paz…

– Não tenho nada para fazer – disse ela. – Odeio a chuva.

Bruno não conseguia perceber. Ao contrário dele, que partia à aventura, à exploração, e tinha até feito um amigo, ela nunca fazia nada. Raramente saía de casa. Era como se tivesse decidido ficar aborrecida simplesmente porque hoje não tinha alternativa senão ficar dentro de casa. Mas, mesmo assim, como há alturas em que os irmãos devem baixar as armas por momentos e falar como pessoas civilizadas, Bruno decidiu que este era um desses momentos de paz.

– Também odeio a chuva – disse ele. – A esta hora já devia estar com o Shmuel. Ele vai pensar que me esqueci dele.

As palavras saíram-lhe de chofre antes de ele conseguir pará-las; mas depois sentiu um friozinho no estômago e ficou furioso consigo mesmo por ter dito aquilo.

– Com quem é que tu devias estar? – perguntou Gretel.

– Como? – perguntou Bruno, tentando fugir à questão, ao mesmo tempo que piscava os olhos.

– Com quem é que disseste que devias estar? – perguntou ela outra vez.

– Desculpa – disse Bruno, tentando pensar rapidamente. – Não ouvi bem. Podes repetir?

– Com quem é que disseste que devias estar? – gritou a irmã, aproximando-se para que, desta vez, não houvesse enganos.

– Eu não disse que devia estar com ninguém – disse ele.

– Ai isso é que disseste. Disseste que não sei quem ia pensar que tu te esqueceste dele.

– Desculpa?

– Bruno! – disse ela em tom ameaçador.

– Estás maluca? – disse ele, tentando fazê-la acreditar que era tudo invenção dela, mas não foi lá muito convincente, pois não era tão bom ator como a avó, e Gretel abanou a cabeça, apontando-lhe o dedo.

– O que é que tu disseste, Bruno? – insistiu ela. – Disseste que devias estar com alguém. Quem? Diz lá! Não há ninguém aqui perto com quem brincar, ou há?

Bruno pôs-se a pensar no dilema em que se encontrava. Por um lado, tinha uma coisa em comum com a irmã: não eram adultos. Embora nunca se tivesse dado ao trabalho de perguntar, havia a possibilidade de ela se sentir tão só em Acho-Vil como ele se sentia. Até porque em Berlim tinha a Hilda, a Isobel e a Louise para brincar; podiam ser raparigas irritantes, mas pelo menos eram amigas dela. Aqui não tinha ninguém, à exceção da coleção de bonecas inanimadas. Mas quem poderia saber até que ponto ia a maluquice de Gretel? Talvez achasse que as bonecas falavam com ela.

Porém, ao mesmo tempo existia o facto incontestável de Shmuel ser amigo dele e não dela, e ele não queria partilhá-lo com mais ninguém. Havia apenas uma coisa a fazer, e era mentir.

– Tenho um amigo novo – começou ele. – Um amigo novo que vou visitar todos os dias. E ele deve estar à minha espera. Mas não podes contar a ninguém.

– E porque não?

– Porque é um amigo imaginário – disse Bruno, tentando ao máximo parecer atrapalhado, como o tenente Kotler ficara ao sentir-se encurralado na história sobre o pai dele estar a viver na Suíça. – Brincamos juntos todos os dias.

Gretel abriu a boca e fitou-o antes de desatar a rir às gargalhadas.

– Um amigo imaginário! – exclamou ela. – Não és já muito crescidinho para teres amigos imaginários?

Bruno tentou parecer envergonhado e embaraçado para tornar a história mais convincente. Contorceu-se em cima da cama e não a olhou nos olhos, o que até resultou e o fez pensar que, afinal de contas, não era assim tão mau ator. Só queria ser capaz de corar, mas era difícil, e então começou a pensar em coisas embaraçosas que lhe tinham acontecido e perguntava a si mesmo se iria resultar.

Pensou naquela vez em que se esqueceu de trancar a porta da casa de banho e a avó entrou e viu tudo. Pensou naquela vez em que levantou o braço na sala de aula, chamou "mãe" à professora e toda a gente desatou a rir-se dele. Pensou naquela vez em que caiu da bicicleta à frente de um grupo de raparigas, quando tentava fazer umas acrobacias, e se feriu no joelho e começou a chorar.

Uma delas funcionou e começou a ficar corado.

– Olha só para ti – disse Gretel, confirmando. – Ficaste todo corado.

– Porque não queria contar-te – disse Bruno.

– Um amigo imaginário. Francamente, Bruno, és um caso perdido.

Bruno sorriu por duas razões. A primeira era porque se tinha safado com a mentira, e a segunda era porque se havia ali alguém que era um Caso Perdido, esse alguém certamente não era ele.

– Deixa-me em paz – disse ele. – Quero ler o meu livro.

– Olha, porque é que não te deitas, fechas os olhos e deixas que o teu amigo imaginário te leia a história? – sugeriu Gretel, a saborear o momento, porque agora tinha alguma coisa contra ele e não se ia esquecer daquilo tão facilmente. – Poupava-te o trabalho.

– Talvez o mande ir deitar as tuas bonecas pela janela fora – disse ele.

– Faz isso e vais ver o que te acontece – disse Gretel, e ele sabia que ela estava a falar a sério. – Bem, diz-me uma coisa, Bruno: o que é que vocês os dois fazem juntos que seja assim tão especial?

Bruno pôs-se a pensar. Apercebeu-se de que queria mesmo falar um bocadinho de Shmuel e que esta era a melhor maneira de o fazer sem ter de contar a verdade.

– Falamos sobre tudo – disse ele. – Eu falo-lhe da nossa casa em Berlim e de todas as outras casas e ruas, das bancas com fruta e vegetais e dos cafés, e que nunca se deve ir à cidade ao sábado à tarde a não ser que se queira andar aos encontrões, e sobre o Karl, o Daniel e o Martin, e como eles eram os meus melhores amigos para toda a vida.

– Que interessante – disse Gretel, sarcástica, porque tinha feito treze anos há pouco e achava que o sarcasmo era o auge da sofisticação. – E o que é que ele te conta?

– Ele fala-me da família dele e da relojoaria que ficava por baixo da casa dele, das aventuras por que passou ao vir para cá e dos amigos que tinha, das pessoas que conhece aqui, dos rapazes com quem costumava brincar mas com quem já não brinca mais, porque eles desapareceram sem sequer se despedirem dele.

– Parece muito divertido – disse Gretel. – Quem me dera que ele fosse o meu amigo imaginário.

– E ontem contou-me que ninguém sabe do avô, que ninguém o vê há alguns dias e que sempre que pergunta ao pai pelo avô ele começa a chorar e dá-lhe um abraço tão forte que ele fica com medo de morrer sufocado.

Bruno acabou a frase e reparou que a sua voz quase tinha desaparecido. Estas coisas tinham sido mesmo contadas por Shmuel mas, por alguma razão, naquela altura ele não se tinha apercebido de que o seu amigo devia ter ficado muito triste com tudo aquilo. E agora, quando as disse em voz alta, sentiu-se muito mal por não ter dito qualquer coisa para tentar animar Shmuel e, em vez disso, ter começado a falar sobre uma coisa parva como exploração. "Amanhã vou pedir-lhe desculpa", disse para si próprio.

– Se o pai sabe que andas a falar com amigos imaginários, vais ser castigado – disse Gretel. – Acho que devias parar com isso.

– Porquê? – perguntou Bruno.

– Porque não é saudável – disse ela. – É o primeiro sinal de loucura.

Bruno acenou com a cabeça.

– Acho que não consigo parar – disse ele, depois de uma longa pausa. – Acho que não quero.

– Então, faz como quiseres – disse Gretel, que estava a ficar cada vez mais simpática. – Mas se eu fosse a ti, não contava a ninguém.

– Bem – disse Bruno, tentando parecer triste –, talvez tenhas razão. Não vais contar a ninguém, pois não?

Ela abanou a cabeça.

– A ninguém. Exceto à minha amiga imaginária.

Bruno quase se engasgou.

– Tens uma? – perguntou, imaginando-a noutra parte da vedação a falar com uma rapariga da idade dela, as duas a serem sarcásticas horas a fio.

– Não – disse ela, rindo. – Tenho treze anos, por amor de Deus! Não posso comportar-me como uma criança, mesmo que tu possas.

Depois, saiu do quarto e Bruno conseguia ouvi-la a falar com as bonecas do outro lado do corredor, a ralhar com elas por ficarem tão desarrumadas quando ela não estava a olhar, que ela não tinha outro remédio senão voltar a arrumá-las e se achavam que ela não tinha nada melhor para fazer.

– Sempre há cada uma! – disse ela muito alto, antes de deitar mãos à obra.

Bruno tentou voltar ao livro, mas perdeu a vontade e, ao ver a chuva a cair, pensou se Shmuel, onde quer que estivesse, também estaria a pensar nele e a sentir a falta das conversas deles tanto quanto ele sentia.

15

ALGO QUE ELE NÃO DEVERIA TER FEITO

Durante várias semanas, ora chovia ora não chovia, ora chovia ora não chovia, e Bruno e Shmuel não se viam tanto quanto gostariam. Mas quando se encontravam, Bruno começava a ficar preocupado com o amigo, porque ele parecia cada vez mais magro e com a cara cada vez mais pálida. Às vezes, trazia mais pão e mais queijo para lhe dar e, de longe em longe, conseguia arranjar maneira de trazer uma fatia de bolo de chocolate no bolso, mas o caminho de casa até ali era tão longo que às vezes Bruno ficava com um bocadinho de fome e uma dentada levava a outra e mais outra e mais outra e, quando restava apenas um bocadinho, sabia que não o devia dar a Shmuel, pois ia apenas abrir-lhe o apetite e não ia chegar para o satisfazer.

O aniversário do pai estava a chegar e, embora ele tivesse dito que não queria confusões, a mãe organizou uma festa para todos os oficiais que prestavam serviço em Acho-Vil e foi uma grande confusão para preparar tudo. De todas as vezes que ela se sentava para organizar os preparativos para a festa, o tenente Kotler também lá estava para ajudar e os dois pareciam fazer mais listas do que alguma vez fossem precisar.

Bruno decidiu fazer uma lista só sua. Uma lista com todas as razões que o faziam não gostar do tenente Kotler.

Havia o facto de ele nunca sorrir e parecer estar sempre à procura de alguém a quem estragar o dia.

Nas raras ocasiões em que falava com Bruno, tratava-o por "homenzinho", o que era pura maldade, pois a mãe estava sempre a dizer que ele ainda não tinha crescido tudo. Já para não falar de estar sempre com a mãe na sala a dizer piadinhas e de ela se rir mais com as piadas dele do que com as do pai.

Uma vez, quando Bruno estava à janela do quarto a olhar para o campo, viu um cão aproximar-se da vedação e começar a ladrar muito alto, e assim que o tenente Kotler o ouviu foi direito a ele e deu-lhe um tiro. Depois, havia todos aqueles disparates que Gretel dizia sempre que ele estava por perto.

Além do mais, Bruno ainda não se tinha esquecido daquela cena com Pavel, o criado que era médico, e como o jovem tenente tinha ficado irritado.

Mais ainda, sempre que o pai era chamado a Berlim e tinha de lá passar a noite, o tenente andava pela casa como se fosse ele a mandar em tudo: estava lá quando Bruno se ia deitar e já lá estava outra vez de manhã, ainda antes de Bruno se levantar.

Havia muitas mais razões para Bruno não gostar do tenente Kotler, mas estas foram as que lhe vieram primeiro à cabeça.

Na tarde anterior à festa, Bruno estava no quarto com a porta aberta, quando ouviu o tenente Kotler chegar e falar com alguém, embora não conseguisse ouvir ninguém a responder-lhe. Alguns minutos depois, quando descia as escadas, ouviu a mãe a dar instruções sobre o que devia ser feito e o tenente Kotler a dizer: "Não se preocupe, este aqui sabe muito bem o que mais lhe convém", e depois riu-se de uma maneira insolente.

Bruno foi para a sala de estar com um livro que o pai lhe tinha dado, chamado "A Ilha do Tesouro", com a intenção de passar umas horas a ler, mas quando ia no corredor encontrou o tenente Kotler a sair da cozinha.

– Olá, homenzinho – disse o soldado, rindo-se dele como já era costume.

– Olá – disse Bruno, carregando o sobrolho.

– O que é que andas a fazer?

Bruno fitou-o e começou a pensar em mais sete razões para não gostar dele.

– Vou para ali ler o meu livro – disse, apontando para a sala de estar.

Sem dizer nada, Kotler tirou o livro das mãos de Bruno e começou a folheá-lo.

– "A Ilha do Tesouro" – leu ele. – É sobre o quê?

– Bem, há uma ilha – disse Bruno muito devagar, para ter a certeza de que o soldado estava a acompanhar. – E lá há um tesouro.

– Isso é óbvio – disse Kotler, a olhar para ele como se lhe quisesse dar poucas, caso ele fosse seu filho e não do Comandante. – Conta-me coisas que eu não saiba.

– Há um pirata – disse Bruno – chamado Long John Silver. E um rapaz chamado Jim Hawkins.

– Um rapaz inglês? – perguntou Kotler.

– Sim – disse Bruno.

– Grunho – resmungou Kotler.

Bruno fitou-o e pôs-se a pensar se ele ia demorar muito a devolver-lhe o livro. Ele não parecia particularmente interessado no livro, mas quando Bruno tentou pegar nele, ele desviou-o.

– Desculpa – disse, estendendo-lhe o livro novamente, e quando Bruno lhe tentou pegar, ele desviou-o pela segunda vez.

– Oh, desculpa – repetiu e estendeu-o uma vez mais, e desta vez Bruno conseguiu ser mais rápido do que ele e tirar-lhe o livro das mãos.

– Tu és rápido – resmungou entre dentes o tenente Kotler.

Bruno tentou afastar-se dele, mas por alguma razão parecia que hoje o tenente Kotler queria falar com ele.

– Estamos preparados para a festa, não estamos? – perguntou.

– Bem, eu estou – disse Bruno, que ultimamente tinha andado a passar mais tempo com Gretel e ganhara um gostinho pelo sarcasmo. – Não posso falar por si.

– Vai cá estar muita gente – disse o tenente Kotler, respirando fundo e olhando em volta como se esta fosse a sua casa e não a de Bruno. – Vamos portar-nos bem, não vamos?

– Bem, eu vou – disse Bruno. – Não posso falar por si.

– Para um homenzinho, falas muito – disse o tenente Kotler.

Bruno olhou-o de esguelha e desejou ser mais alto, mais forte e oito anos mais velho. Dentro dele havia tanta raiva prestes a explodir que o fez desejar ter coragem de dizer tudo aquilo que realmente lhe queria dizer. Uma coisa era ter de obedecer à mãe e ao pai – isso era perfeitamente aceitável e já era de esperar –, mas outra coisa completamente diferente era que outra pessoa mandasse nele. Mesmo alguém com um título todo jeitoso como "tenente".

– Kurt, meu querido, ainda cá está – disse a mãe, saindo da cozinha e aproximando-se deles. – Tenho algum tempo livre agora se... Oh! – disse ao reparar que Bruno estava ali. – Bruno, o que é que estás aqui a fazer?

– Eu ia para a sala ler o meu livro – disse Bruno. – Quer dizer, estava a tentar.

– Bem, vai ali para a cozinha um bocadinho – disse ela. – Preciso de dar uma palavrinha em particular com o tenente Kotler.

Entraram os dois na sala e o tenente Kotler fechou as portas na cara de Bruno.

A ferver de raiva, Bruno foi para a cozinha e teve a maior surpresa da sua vida. Ali, sentado à mesa, muito longe do outro lado da vedação, estava Shmuel. Bruno nem conseguia acreditar no que via.

– Shmuel! – disse. – O que é que estás aqui a fazer?

136

Shmuel levantou a cabeça e a cara aterrorizada abriu-se num grande sorriso quando viu o seu amigo ali ao pé dele.

– Bruno! – disse.

– O que é que estás aqui a fazer? – repetiu Bruno, pois mesmo não percebendo muito bem o que se passava do outro lado da vedação, havia nestas pessoas alguma coisa que o levava a pensar que elas não deviam estar em sua casa.

– Ele trouxe-me – disse Shmuel.

– Ele? – perguntou Bruno. – Não te estás a referir ao tenente Kotler?

– Sim. Ele disse que tinha um trabalho para eu fazer aqui.

E quando Bruno olhou para baixo, viu os sessenta e quatro copos pequenos, aqueles que a mãe usava para tomar o seu licorzinho medicinal sentada à mesa da cozinha, e ao lado uma bacia com água e sabão e montes de guardanapos de papel.

– Que raio estás tu a fazer? – perguntou Bruno.

– Eles disseram-me que tinha de pôr os copos a brilhar – disse Shmuel. – Disseram que precisavam de alguém com os dedos pequeninos.

Então, como se a comprovar alguma coisa que Bruno já sabia, Shmuel estendeu a mão e Bruno não conseguiu deixar de notar que a mão dele se parecia muito com a do esqueleto a fingir que *Herr* Liszt tinha trazido quando estavam a estudar Anatomia Humana.

– Nunca tinha reparado – disse numa voz pouco credível, quase para si mesmo.

– Nunca tinhas reparado em quê? – perguntou Shmuel.

Em resposta, Bruno estendeu a sua mão com as pontas dos dedos do meio quase unidas.

– As nossas mãos – disse ele. – São tão diferentes. Repara!

Os dois rapazes olharam ao mesmo tempo para baixo e a diferença era óbvia. Embora Bruno fosse baixo para a idade e nada gordo, a mão dele parecia saudável e cheia de vida. As veias não eram visíveis por baixo da pele e os dedos não eram pouco maiores do que tronquinhos definhados. Porém, a mão de Shmuel contava uma história bem diferente.

– Como é que elas ficaram assim? – perguntou.

– Não sei – disse Shmuel. – Elas costumavam ser parecidas com as tuas, não dei pela mudança. Agora, toda a gente do meu lado da vedação está assim.

Bruno franziu o sobrolho e pôs-se a pensar em toda aquela gente de pijama às riscas, a imaginar o que se andaria a passar em Acho-Vil e se não seria um sítio indesejável, já que toda a gente parecia tão pouco saudável. Nada fazia sentido para ele. Não querendo olhar mais para a mão de Shmuel, Bruno abriu a porta do frigorífico à procura de alguma coisa para comer. Havia meia galinha estufada que tinha sobrado do almoço e os olhos de Bruno brilharam, deliciados, porque havia poucas coisas no mundo de que ele gostasse mais do que galinha estufada com cebolas e sálvia. Tirou uma faca da gaveta, cortou umas fatias bem grossas e cobriu-as com o molho antes de se voltar para o amigo.

– Estou muito contente por estares aqui – disse ele, falando com a boca cheia. – Se ao menos não tivesses de limpar esses copos, podia mostrar-te o meu quarto.

– Ele disse-me para não sair daqui, senão ia ter problemas.

– Se eu fosse a ti não ligava – disse Bruno, tentando parecer mais corajoso do que realmente era. – Esta casa é minha, não é dele, e quando o meu pai está fora sou eu que mando. Sabias que ele nunca leu "A Ilha do Tesouro"?

Shmuel parecia não estar a ouvir, com os olhos concentrados nas fatias de carne e no molho que Bruno ia atirando para a boca. Finalmente, Bruno percebeu para onde é que ele estava a olhar e sentiu-se mal.

– Desculpa, Shmuel – disse muito depressa. – Devia ter-te dado um bocadinho. Tens fome?

– Essa é uma pergunta que nunca precisas de me fazer – disse Shmuel, que, embora nunca tivesse conhecido Gretel, também conhecia o sarcasmo.

– Espera um bocadinho, vou cortar umas fatias para te dar – disse Bruno, abrindo a porta do frigorífico e cortando mais três fatias.

– Não, se ele vê... – disse Shmuel, abanando a cabeça muito depressa e olhando para a porta.

– Quem é que vai ver? Estás a falar do tenente Kotler?

– Eu estou aqui só para fazer o meu trabalho – disse ele, olhando desesperado para a bacia com água que estava à sua frente e depois novamente para as fatias de galinha que Bruno tinha na mão.

– Ele não se vai importar – disse Bruno, que estava confuso ao ver Shmuel tão nervoso. – É apenas comida.

– Não posso – disse Shmuel, abanando a cabeça e parecendo prestes a chorar. – Ele vai ver, eu sei que vai – continuou, atropelando as palavras. – Devia tê-las comido quando mas ofereceste, agora é tarde de mais, se as comer ele vai ver e...

– Shmuel! Toma! – disse Bruno, avançando para ele e dando-lhe as fatias para a mão. – Come-as e pronto. Ainda sobra muito para o chá, não tens de te preocupar com isso.

O rapaz fitou a comida que tinha na mão por um momento e depois olhou para Bruno com os olhos muito abertos, como se de gratidão, mas ao mesmo tempo aterrorizados. Olhou mais uma vez para a porta e pareceu tomar uma decisão, porque atirou as três fatias para a boca de uma só vez e devorou-as em vinte segundos certinhos.

– Bem, não precisavas de comer tão depressa – disse Bruno. – Ainda ficas doente.

– Não importa – disse Shmuel, com um sorriso débil. – Obrigado, Bruno.

Bruno sorriu e quando estava prestes a oferecer-lhe mais comida, apareceu na cozinha o tenente Kotler, que parou quando viu os dois rapazes a conversarem. Bruno fitou-o, sentindo o ambiente a ficar pesado e vendo os ombros de Shmuel a alquebrarem ao pegar noutro copo para começar a limpá-lo. Ignorando Bruno, o tenente Kotler foi direito a Shmuel e olhou para ele furioso.

– O que é que tu estás a fazer? – gritou. – Não te mandei limpar esses copos?

Shmuel acenou rapidamente com a cabeça e começou a tremer um bocadinho enquanto pegava noutro guardanapo e o mergulhava na água.

– Quem é que disse que podias falar aqui nesta casa? – continuou Kotler. – Tens coragem de me desobedecer?

– Não, senhor – disse Shmuel baixinho. – Desculpe.

Shmuel olhou para cima, para o tenente Kotler, que franziu o sobrolho e se debruçou ligeiramente para a frente e inclinou a cabeça a examinar a cara do rapaz.

– Estiveste a comer? – perguntou em voz baixa, como se ele próprio não conseguisse acreditar.

Shmuel abanou a cabeça.

– Tu estiveste a comer – insistiu o tenente Kotler. – Roubaste alguma coisa do frigorífico?

Shmuel abriu a boca e fechou-a. Abriu-a novamente tentando encontrar palavras, mas não conseguia dizer nada. Olhou para Bruno, suplicando ajuda com o olhar.

– Responde-me! – gritou o tenente Kotler. – Roubaste alguma coisa daquele frigorífico?

– Não, senhor. Foi ele que me deu – disse Shmuel, com os olhos cheios de lágrimas, lançando um olhar a Bruno. – Ele é meu amigo – acrescentou.

– Teu…? – começou o tenente Kotler, olhando confuso para o outro lado, onde estava Bruno. Hesitou. – O que é que tu queres dizer com isso? – perguntou. – Conheces este rapaz, Bruno?

Bruno ficou de boca aberta a tentar lembrar-se da maneira como se dizia a palavra "sim". Nunca tinha visto ninguém tão apavorado como Shmuel e queria dizer a coisa certa para que ficasse tudo bem, mas depois apercebeu-se de que não podia; porque se sentia tão apavorado como Shmuel.

– Conheces este rapaz? – repetiu Kotler num tom de voz mais alto. – Tens andado a falar com os prisioneiros?

– Eu... ele estava aqui quando eu entrei – disse Bruno. – Ele estava a limpar os copos.

– Não foi isso que te perguntei – disse Kotler. – Já o tinhas visto antes? Já tinhas falado com ele? Porque é que ele diz que tu és amigo dele?

Bruno só queria poder fugir dali para fora. Odiava o tenente Kotler, mas agora ele estava a pressioná-lo e Bruno só conseguia pensar na tarde em que o vira dar um tiro num cão e na tarde em que Pavel o irritara e ele...

– Responde, Bruno! – gritou Kotler, vermelho de raiva. – Não te vou perguntar mais nenhuma vez.

– Nunca falei com ele – disse Bruno imediatamente. – Nunca o tinha visto antes. Não o conheço.

O tenente Kotler acenou com a cabeça, parecendo satisfeito com a resposta. Muito lentamente, virou-se para Shmuel, que já não estava a chorar, apenas de olhos postos no chão, parecendo tentar dizer à sua alma para não continuar a viver naquele pequeno corpo, para se escapulir, flutuar até à porta e elevar-se no céu, planando nas nuvens até estar muito longe dali.

– Vais acabar de limpar todos esses copos – disse o tenente Kotler, agora em voz baixa, tão baixa que Bruno mal conseguia ouvir. Era como se toda a sua raiva se tivesse transformado noutra coisa qualquer. Não propriamente o oposto, mas algo inesperado e terrível. – E depois venho aqui buscar-te para te levar para o campo, onde vamos ter uma conversa sobre o que acontece aos rapazes que andam a roubar. Está entendido, não está?

Shmuel acenou com a cabeça, pegou noutro guardanapo e começou a limpar outro copo; Bruno via como os dedos dele tremiam e sabia que ele estava cheio de medo de partir um copo. O coração afundava-se-lhe no peito, mas por mais que quisesse, não conseguia olhar para outro lado.

– Vamos lá, "homenzinho" – disse o tenente Kotler, aproximando-se agora de Bruno e pondo um braço pouco amigável sobre os seus ombros. – Vai para a sala ler o teu livro e deixa este...

acabar o seu trabalho – e usou a mesma palavra que tinha usado para Pavel quando o mandara ir procurar um pneu.

Bruno acenou com a cabeça, deu meia volta e saiu da cozinha sem olhar para trás. Tinha o estômago às voltas e por momentos pensou que ia sentir-se mal. Nunca na sua vida se tinha sentido tão envergonhado; nunca tinha imaginado que pudesse ser tão cruel. Não entendia como é que um rapaz que se considerava boa pessoa podia agir de forma tão cruel com um amigo. Ficou na sala várias horas, mas não conseguia concentrar-se no livro e não se atreveu a voltar à cozinha até ao fim da tarde, depois de o tenente Kotler já ter levado Shmuel de volta.

Daí em diante, Bruno voltou todas as tardes ao sítio da vedação onde se costumavam encontrar, mas Shmuel nunca lá estava. Ao fim de quase uma semana, Bruno convenceu-se de que o que tinha feito era tão horrível que nunca mais ia ser perdoado, mas ao sétimo dia ficou contente por ver que Shmuel o esperava, sentado no chão, de pernas cruzadas e olhos postos na poeira.

– Shmuel – disse Bruno, correndo para ele e sentando-se, quase a chorar de alívio e arrependimento. – Estou tão arrependido, Shmuel. Não sei porque é que fiz aquilo. Diz que me perdoas.

– Está bem – disse Shmuel, olhando agora para ele.

Tinha a cara toda negra e Bruno fez uma careta e por momentos esqueceu-se das desculpas.

– O que é que te aconteceu? – perguntou sem esperar pela resposta. – Caíste da bicicleta? Porque isso aconteceu-me lá em Berlim há uns anos. Caí quando ia muito depressa e andei todo negro durante algumas semanas. Dói muito?

– Já não sinto nada – disse Shmuel.

– Bem, desculpa por aquilo da semana passada – disse Bruno. – Odeio o tenente Kotler. Pensa que manda em tudo, mas não manda. – Hesitou um momento, não querendo desviar-se do que era realmente importante. Achou que devia dizer aquilo uma última vez e a sério. – Estou muito arrependido, Shmuel – disse num tom de voz muito claro. – Não acredito como é que pude não contar a verdade. Nunca tinha deixado um amigo ficar mal. Shmuel, estou muito envergonhado.

Ao ouvir isto, Shmuel sorriu e disse que sim com a cabeça, e Bruno percebeu que estava perdoado. Depois, Shmuel fez algo que nunca tinha feito antes: levantou a parte de baixo da vedação, como fazia quando Bruno lhe trazia comida, mas desta vez estendeu a mão e deixou-a lá ficar, à espera que Bruno fizesse o mesmo, e então os dois rapazes deram um aperto de mão e sorriram.

Foi a primeira vez que se tocaram.

16

O CORTE DE CABELO

Já tinha passado quase um ano desde que Bruno tinha chegado a casa e encontrado Maria a fazer-lhe as malas, e as lembranças de Berlim tinham desaparecido quase todas. Quando pensava naqueles tempos, conseguia lembrar-se de que Karl e Martin eram dois dos seus três melhores amigos para toda a vida, mas, por mais que tentasse, não conseguia lembrar-se de quem era o terceiro. Foi então que aconteceu algo que os fez deixar Acho-Vil durante dois dias e regressar à antiga casa de Berlim: a avó tinha morrido e a família tinha de lá voltar para o funeral.

Enquanto lá esteve, Bruno apercebeu-se de que já não era tão baixo como quando partira, pois agora conseguia ver coisas que antes não via e já não precisava de se pôr em bicos de pés para ver Berlim da janela do último andar da antiga casa. Bruno já não via a avó desde que se tinha ido embora de Berlim, mas tinha pensado nela todos os dias. Do que mais se lembrava era as peças de teatro que ela, ele e Gretel representavam no Natal e nos aniversários, como ela arranjava sempre o traje perfeito para qualquer que fosse o papel que ele ia representar. Quando se apercebeu de que nunca mais poderiam voltar a fazer isso, ficou mesmo muito triste.

Os dois dias passados em Berlim foram também de muita tristeza. No funeral, Bruno, Gretel, o pai, a mãe e o avô sentaram--se no primeiro banco. O pai estava com o seu uniforme mais impressionante, aquele todo engomado e com as condecorações, e estava particularmente triste porque tinha discutido com a avó e não tinham feito as pazes antes de ela morrer – palavras da mãe.

Foram entregues muitas coroas de flores na igreja e o pai estava orgulhoso, porque uma delas tinha sido enviada pelo Fúria, mas quando a mãe descobriu disse que a avó ia dar voltas no caixão se soubesse que aquilo ali estava.

Bruno sentiu-se quase feliz por regressar a Acho-Vil. Aquela casa tinha-se tornado o seu lar e ele deixara de se preocupar com o facto de ter apenas três andares em vez de cinco; e também já não o incomodava assim tanto que os soldados passassem a vida lá em casa, como se aquilo fosse tudo deles. Foi percebendo lentamente que, afinal, as coisas não eram assim tão más como pareciam, especialmente desde que tinha conhecido Shmuel. Sabia que tinha muitas razões para estar contente, como por exemplo o facto de o pai e a mãe parecerem andar mais alegres e de a mãe não ter de fazer tantas sestas nem de beber tantas vezes o seu licorzinho medicinal. Gretel estava a passar por uma fase – palavras da mãe – com tendência a manter-se afastada dele.

Além disso, o tenente Kotler tinha sido transferido de Acho--Vil e já não andava por ali a irritar e a chatear Bruno a toda a hora. (A sua partida tinha acontecido de forma muito repentina e à noite ouvia muitas discussões entre o pai e a mãe por causa disso, mas ele tinha-se ido embora, isso era uma certeza, e não ia voltar; Gretel andava destroçada.) Isto era mais um motivo para Bruno ficar contente: já ninguém lhe chamava "homenzinho".

Mas o melhor de tudo era mesmo ter um amigo chamado Shmuel.

Ele adorava passear todas as tardes ao longo da vedação e ficava muito contente por ver que o seu amigo parecia muito mais feliz nos últimos tempos, com os olhos menos encovados, embora com o corpo ainda ridiculamente magro e a cara aterradoramente pálida.

Um dia, enquanto estavam sentados frente a frente no sítio habitual, Bruno comentou:

– Esta é a amizade mais estranha que alguma vez tive.

– Porquê? – perguntou Shmuel.

– Porque todos os meus outros amigos têm sido rapazes com quem posso brincar – respondeu. – E nós nunca brincamos. Ficamos sempre aqui sentados a conversar.

– Eu gosto de ficar aqui sentado a conversar – disse Shmuel.

– Bem, é claro que eu também gosto – disse Bruno –, mas é uma pena não podermos fazer qualquer coisa mais divertida de vez em quando. Talvez brincar aos exploradores. Ou jogar futebol. Vemo-nos sempre com todo este arame pelo meio.

Bruno fazia comentários destes frequentemente, porque queria fingir que o incidente de há uns meses, quando tinha negado ser amigo de Shmuel, nunca tinha acontecido. Aquilo ainda lhe pesava na consciência e fazia-o sentir-se mal, embora Shmuel, generosamente, parecesse já ter esquecido tudo.

– Talvez um dia – disse Shmuel. – Se alguma vez nos deixarem sair daqui.

Bruno andava a pensar cada vez mais nos dois lados da vedação e na razão de ela ali estar. Pensou em falar com o pai ou com a mãe sobre o assunto, mas desconfiou que ficassem zangados por ele ter tocado no assunto, ou então, que lhe dissessem coisas desagradáveis sobre Shmuel e a sua família, e então decidiu fazer uma coisa bastante invulgar: decidiu falar com o Caso Perdido.

O quarto de Gretel tinha mudado consideravelmente desde a última vez que ele lá tinha estado. Para começar, não se via uma única boneca. Uma tarde, há um mês e qualquer coisa, mais ou menos na altura em que o tenente Kotler se tinha ido embora de Acho-Vil, Gretel tinha decidido que já não gostava de bonecas e tinhas-as metido em quatro grandes sacos, deitando-as fora. No lugar delas tinha pendurado mapas da Europa que o pai lhe tinha dado e todos os dias lhes espetava alfinetes pequeninos e os mudava constantemente de lugar, depois de consultar o jornal diário. Bruno pensou que ela estava a ficar maluquinha. Apesar de tudo, ela não o provocava nem arreliava tanto quanto costumava e, por isso, ele pensou que não fazia mal ir falar com ela.

– Olá – disse ele, batendo à porta educadamente, porque sabia que ela ficava muito zangada se ele entrasse sem avisar.

– O que é que tu queres? – perguntou Gretel, que estava sentada ao espelho a experimentar novos penteados.

– Nada – disse Bruno.

– Então vai-te embora.

Bruno acenou com a cabeça, obediente, mas entrou à mesma e sentou-se na cama.

Gretel ficou a observá-lo de soslaio, mas não disse nada.

– Gretel – disse ele finalmente –, posso fazer-te uma pergunta?

– Se for rápido – disse ela.

– Tudo isto aqui em Acho-Vil... – começou ele, mas ela interrompeu-o logo.

– Não se diz Acho-Vil, Bruno – disse ela furiosa, como se aquele fosse o pior erro na história da humanidade. – Porque é que não consegues pronunciar como deve ser?

– Mas isto aqui chama-se Acho-Vil – afirmou ele.

– Não, não chama – insistiu ela, pronunciando o nome do campo corretamente.

Bruno franziu o sobrolho ao mesmo tempo que encolhia os ombros.

– Mas foi isso que eu disse – disse ele.

– Não, não foi. De qualquer maneira, não vou discutir contigo – disse Gretel, já a perder a paciência, porque à partida já tinha pouca. – O que é que foi? O que é que queres saber?

– Quero que me fales da vedação – disse ele, convencido de que isto era o mais importante para começar. – Quero saber porque é que a puseram ali.

Gretel virou a cadeira para ele e olhou-o com curiosidade.

– Quer dizer que não sabes? – perguntou ela.

– Não – disse Bruno. – Não percebo porque é que não podemos passar para o outro lado. Que mal é que nós fizemos para não podermos ir para aquele lado brincar?

Gretel olhou-o e, de repente, desatou a rir, só parando quando reparou que Bruno estava a falar a sério.

– Bruno – disse ela num tom de voz infantil, como se fosse a coisa mais óbvia do mundo –, a vedação não está ali para nos impedir de passar para aquele lado. É para os impedir *a eles* de passarem para este.

Bruno pôs-se a pensar naquilo, mas continuava a não perceber.

– Mas porquê? – insistiu.

– Porque eles têm de os manter juntos – explicou Gretel.

– Com as suas famílias, queres tu dizer?

– Bem, sim, com as suas famílias. Mas também com os da sua espécie.

– O que queres dizer com "os da sua espécie"?

Gretel suspirou e abanou a cabeça.

– Com os outros judeus, Bruno. Não sabias? É por isso que eles têm de os manter todos juntos. Eles não se podem misturar connosco.

– Judeus – disse Bruno, experimentando a palavra. Gostava bastante da maneira como soava. – Judeus – repetiu ele. – Todos os que vivem daquele lado da vedação são judeus.

– Sim, é isso – disse Gretel.

– E nós, somos judeus?

Gretel ficou boquiaberta, como se tivesse acabado de levar um estalo na cara.

– Não, Bruno – disse ela. – Não, claro que não somos. E tu nem sequer devias dizer uma coisa dessas.

– Mas porquê? Então, o que é que nós somos?

– Somos... – começou Gretel, mas depois teve de parar e pensar antes de responder: – Somos... – repetiu ela, mas não estava muito certa de qual seria a resposta a esta pergunta. – Bem, nós não somos judeus – disse ela finalmente.

– Eu sei que não – disse Bruno frustrado. – O que eu quero saber é: se não somos judeus, então o que é que somos?

– Somos o oposto – respondeu Gretel muito depressa, parecendo bem mais satisfeita com esta resposta. – Sim, é isso mesmo. Somos o oposto.

– Está bem – disse Bruno, satisfeito por ter finalmente tudo esclarecido na sua cabeça. – Os opostos vivem deste lado da vedação e os judeus vivem daquele.

– Isso mesmo, Bruno.

– Então os judeus não gostam dos opostos?

– Não, estúpido, somos nós que não gostamos deles.

Bruno fez cara feia. Já tinham dito vezes sem conta à Gretel que não lhe chamasse estúpido, mas ela continuava.

– Então, porque é que nós não gostamos deles? – perguntou ele.

– Porque eles são judeus – disse Gretel.

– Estou a ver. E os opostos e os judeus não se dão muito bem.

– Não, Bruno – disse Gretel, mas desta vez devagar, porque tinha descoberto qualquer coisa no seu cabelo e estava, cuidadosamente, a tentar perceber o que era.

– Bem, não há ninguém que os junte simplesmente e...

Bruno foi interrompido por um grito estridente de Gretel; um grito que acordou a mãe da sua sesta e a fez vir a correr até ao quarto para ver qual dos dois filhos tinha matado o outro.

Enquanto estava a experimentar novos penteados, Gretel tinha encontrado um ovo pequenino, que não era maior do que a cabeça de um alfinete. Mostrou-o à mãe, que deu uma vista de olhos pelo cabelo dela, abrindo o cabelo em madeixas com movimentos muito rápidos, antes de se virar para Bruno e lhe fazer a mesma coisa.

– Eu não acredito – disse a mãe, furiosa. – Já sabia que uma coisa destas ia acontecer num sítio como este.

O que estava a acontecer era que tanto Gretel como Bruno tinham piolhos e Gretel teve de lavar a cabeça com um champô especial com um cheiro horrível e depois foi sentar-se no quarto horas a fio a chorar como uma desalmada.

Bruno também teve de usar o champô, mas depois o pai decidiu que a melhor coisa a fazer era cortar o mal pela raiz; e então pegou numa navalha e rapou-lhe a cabeça, o que deixou Bruno a chorar. Não demorou muito tempo e Bruno odiou ver o seu rico cabelo cair-lhe aos pés, mas o pai disse que não havia outro remédio.

Depois disso, Bruno olhou-se ao espelho da casa de banho e sentiu-se mal. Agora que estava careca, toda a sua cabeça parecia deformada e os olhos pareciam demasiado grandes. Quase que se assustou com o que viu.

– Não te preocupes – tranquilizou-o o pai. – Volta a crescer daqui a algumas semanas.

– É por causa da porcaria que há aqui – disse a mãe. – Se certas pessoas conseguissem perceber o mal que este sítio nos está a fazer...

Ao ver-se ao espelho, Bruno não conseguiu deixar de pensar que agora estava muito parecido com Shmuel e pôs-se a matutar se era por isso que todas as pessoas do outro lado da vedação tinham a cabeça rapada, porque também todas elas tinham tido piolhos.

Quando, no dia seguinte, se encontrou com o amigo, Shmuel começou a rir-se dele, o que não ajudou nada à sua decrescente autoestima.

– Agora estou mesmo parecido contigo – disse Bruno muito triste, como se fosse uma coisa terrível de admitir.

– Só mais gordo – reconheceu Shmuel.

17

A MÃE CONSEGUE O QUE QUER

Com o passar das semanas a mãe parecia cada vez mais infeliz com a vida que levava em Acho-Vil e Bruno entendia-a perfeitamente. Afinal, quando ali chegaram ele tinha odiado aquele sítio por ser completamente diferente da sua casa e por lhe irem faltar para sempre coisas como os seus três melhores amigos. No entanto, isso acabou por mudar, principalmente graças a Shmuel, que se tinha tornado mais importante para Bruno do que Karl, Daniel ou Martin alguma vez tinham sido. Mas a mãe não tinha nenhum Shmuel. Não tinha ninguém com quem falar e a única pessoa de quem tinha sido vagamente amiga – o jovem tenente Kotler – tinha sido transferida para outro lugar.

Embora evitasse ser um daqueles rapazes que passam a vida a escutar atrás das portas e das paredes, uma tarde Bruno ia a passar à porta do escritório do pai quando a mãe e o pai estavam a ter uma das suas conversas. Não tinha intenção de escutar, mas eles estavam a falar bastante alto e ele não pôde deixar de ouvir.

– Isto é horrível – dizia a mãe. – Simplesmente horrível. Não aguento mais.

– Não temos escolha – disse o pai. – Foi o que nos mandaram fazer e…

– Não, foi o que te mandaram fazer – disse a mãe. – O que te mandaram fazer a ti, não a nós. Se quiseres ficar, fica.

– Mas o que é que as pessoas vão pensar – perguntou o pai – se eu deixar que tu e as crianças regressem a Berlim sem mim? Vão pôr em causa o meu empenho neste trabalho.

– Trabalho? – gritou a mãe. – Chamas a isto trabalho?

Bruno não ouviu muito mais e correu pelas escadas acima, porque as vozes estavam a aproximar-se da porta e ele corria o risco de a mãe sair disparada à procura do seu licorzinho medicinal. Ainda assim, tinha ouvido o suficiente para perceber que havia uma possibilidade de regressarem a Berlim e, para seu grande espanto, não sabia o que pensar.

Uma parte do seu ser lembrava-se de que tinha adorado a vida lá em Berlim, mas por esta altura já muita coisa devia ter mudado. O Karl e os seus outros dois amigos, dos quais já não conseguia lembrar-se dos nomes, provavelmente já nem se lembravam dele. A avó tinha morrido, do avô raramente tinham notícias e o pai dizia que ele tinha ficado maluquinho.

Mas, por outro lado, Bruno tinha-se habituado à vida em Acho-Vil: já não se importava com *Herr* Liszt, tinha-se tornado muito mais amigo de Maria do que alguma vez tinha sido em Berlim, Gretel ainda estava a passar por uma fase difícil e mantinha-se afastada (mas já não parecia tanto o tal Caso Perdido), e as suas conversas com Shmuel durante a tarde enchiam-no de felicidade.

Bruno não sabia o que pensar e decidiu que, acontecesse o que acontecesse, aceitaria sem reclamar.

Durante algumas semanas nada mudou; a vida corria normalmente. O pai passava a maior parte do tempo no escritório ou do outro lado da vedação. A mãe andava muito calada durante o dia e fazia muitas mais sestas; algumas já nem sequer eram à tarde, mas antes do almoço, e Bruno andava preocupado com a saúde dela, pois nunca tinha conhecido ninguém que precisasse de tantos licorzinhos medicinais. Gretel passava a vida no quarto, concentrada nos vários mapas que tinha colado nas paredes e a consultar os jornais horas a fio, e depois deslocava um bocadinho os alfinetes. (*Herr* Liszt ficava particularmente satisfeito quando a via fazer isto.)

Bruno portava-se exatamente como devia, não fazia tropelias e adorava o facto de ter um amigo secreto que ninguém conhecia.

Até que um dia o pai mandou chamar Bruno e Gretel ao seu escritório e informou-os das mudanças que estavam para acontecer.

– Sentem-se, meninos – disse ele, apontando para as duas grandes poltronas de pele em que estavam proibidos de se sentar sempre que entravam no escritório do pai, por andarem sempre com as mãos sujas. O pai sentou-se à secretária. – Decidimos fazer algumas alterações – continuou ele, parecendo um pouco triste. – Digam-me uma coisa: vocês são felizes aqui?

– Sim, pai, claro – disse Gretel.

– Claro que sim, pai – disse Bruno.

– E não sentem falta de Berlim?

Bruno e Gretel ficaram calados por uns momentos e entreolharam-se, imaginando qual deles se iria comprometer a dar uma resposta.

– Bem, eu sinto muitas saudades – disse Gretel finalmente. – Não me importava de ter amigos outra vez.

Bruno sorriu ao pensar no seu segredo.

– Amigos – disse o pai, meneando a cabeça. – Sim, tenho pensado nisso muitas vezes. Deve ter havido alturas em que te sentiste muito só.

– Mesmo muito só – disse Gretel, determinada.

– E tu, Bruno? – perguntou o pai, olhando agora para ele. – Sentes falta dos teus amigos?

– Bem... sim – respondeu Bruno, pesando cuidadosamente a resposta. – Mas acho que ia sentir falta das pessoas para onde quer que fosse.

Isto foi uma referência indireta a Shmuel, mas não queria ser mais explícito do que isto.

– Mas gostavas de voltar para Berlim – perguntou o pai –, se tivesses essa oportunidade?

– Todos nós? – perguntou Bruno.

O pai deu um suspiro profundo e abanou a cabeça.

– A mãe, a Gretel e tu. Regressarem à nossa antiga casa de Berlim. Gostavas?

Bruno pôs-se a pensar.

– Bem, não ia gostar se o pai não estivesse lá – disse ele, porque era essa a verdade.

– Então, preferias ficar aqui comigo?

– Preferia que nós os quatro ficássemos juntos – disse ele, incluindo Gretel com relutância. – Seja em Berlim ou em Acho-Vil.

– Oh, Bruno! – disse Gretel irritada, mas ele não sabia se a irritação era por ele estar a estragar os planos para regressarem ou por (segundo ela) continuar a pronunciar mal o nome da casa onde agora moravam.

– Tenho muita pena mas, por agora, isso vai ser impossível – disse o pai. – Receio bem que neste momento o Fúria não me dispense do meu posto. Por outro lado, a vossa mãe acha que esta é uma boa altura para regressarem os três a casa, e pensando bem… – Fez uma breve pausa e olhou pela janela do lado esquerdo, a janela que dava para o outro lado da vedação. – Pensando bem, talvez ela tenha razão. Talvez este não seja um sítio aconselhado para crianças.

– Mas aqui há centenas de crianças – disse Bruno, sem pensar antes de falar. – Só que estão todas do outro lado da vedação.

Depois deste comentário veio o silêncio, mas não um silêncio qualquer em que simplesmente ninguém fala. Era um silêncio barulhento. O pai e Gretel fitaram-no e ele, surpreendido, piscou os olhos.

– O que é que queres dizer com isso de haver centenas de crianças daquele lado? – perguntou o pai. – O que é que tu sabes do que se passa ali?

Bruno queria responder, mas tinha medo de se meter em apuros se falasse de mais.

– Vejo-as da janela do meu quarto – disse ele finalmente. – Estão muito longe, claro, mas parecem centenas. Todas de pijamas às riscas.

– Os pijamas às riscas, claro – disse o pai, movendo a cabeça. – E tu tens andado a observá-las, não tens?

– Bem, tenho-as visto – disse Bruno. – Não sei se será a mesma coisa.

O pai sorriu.

– Muito bem, Bruno – disse ele. – E tens toda a razão, não é bem a mesma coisa. – Hesitou novamente e depois acenou, como se tivesse tomado uma decisão. – Não, ela tem razão – disse o pai, em voz alta, mas sem olhar para Gretel nem para Bruno. – Ela tem toda a razão. Vocês já aqui passaram tempo de mais. Está na altura de regressarem a casa.

A decisão estava tomada. Mas, antes, era preciso limpar a casa de alto a baixo, envernizar o corrimão, passar os lençóis a ferro e fazer as camas. O pai comunicou-lhes que dentro de algumas semanas a mãe, Gretel e Bruno iam regressar a Berlim.

Bruno descobriu que não estava tão ansioso por se ir embora como seria de esperar e que não sabia como havia de dar a notícia a Shmuel.

18

PLANEANDO A ÚLTIMA AVENTURA

No dia seguinte ao pai ter dito a Bruno que em breve estaria de volta a Berlim, Shmuel não apareceu na vedação, como de costume. Nem no dia seguinte. Ao terceiro dia, quando Bruno chegou, mais uma vez não estava lá ninguém sentado no chão de pernas cruzadas; esperou dez minutos e já ia voltar para casa, extremamente preocupado por ter de se ir embora de Acho--Vil sem estar com o seu amigo uma última vez, quando de repente viu ao longe um pontinho que se transformou numa pintinha, depois numa mancha e por fim num vulto que por sua vez se converteu num rapaz de pijama às riscas.

Bruno abriu um grande sorriso quando viu aquela figura humana a vir na sua direção, sentou-se no chão e tirou do bolso o pedaço de pão e a maçã que tinha trazido de casa para Shmuel. Mas, mesmo ao longe, conseguia ver que o amigo parecia ainda mais triste do que era hábito e, quando Shmuel chegou à vedação, não pegou na comida com a avidez que lhe era peculiar.

– Pensei que já não vinhas mais – disse Bruno. – Estive aqui ontem e anteontem e tu não apareceste.

– Desculpa – disse Shmuel. – Aconteceu uma coisa.

Bruno olhou para ele intrigado, tentando imaginar o que poderia ser. Pôs-se a imaginar se alguém teria dito a Shmuel que ele ia regressar a casa; afinal, coincidências como estas acontecem, tal como o facto de Bruno e Shmuel fazerem anos no mesmo dia.

– Então? – perguntou Bruno. – O que é que se passa?

– O meu papá – disse Shmuel. – Desapareceu.

– Desapareceu? Isso é muito estranho. Quer dizer que se perdeu?

– Acho que sim – disse Shmuel. – Na segunda-feira estava aqui, depois foi trabalhar com outros homens e ainda não voltaram.

– E não te deixou nenhuma carta? – perguntou Bruno. – Ou um bilhete a dizer quando volta?

– Não – disse Shmuel.

– Que estranho – disse Bruno. – Já procuraste bem? – perguntou passado um instante.

– Claro que sim – disse Shmuel, com um suspiro. – Fiz aquilo de que andas sempre a falar. Andei a explorar.

– E não descobriste nada?

– Não.

– Bem, isso é muito esquisito – disse Bruno. – Mas deve haver uma explicação muito simples.

– Que explicação? – perguntou Shmuel.

– Se calhar levaram os homens para trabalhar noutra cidade e eles vão ter de lá ficar alguns dias até o trabalho estar acabado. E os correios não funcionam lá muito bem por estes lados. Vais ver que um dia destes ele aparece.

– Espero bem que sim – disse Shmuel, como se estivesse prestes a chorar. – Não sei o que seria de nós sem ele.

– Se quiseres, posso perguntar ao meu pai – disse Bruno cautelosamente, à espera de que Shmuel recusasse.

– Acho que não ia ser muito boa ideia – disse Shmuel, e, para desilusão de Bruno, isto não era uma recusa frontal.

– E porque não? – perguntou ele. – O meu pai sabe muita coisa sobre a vida desse lado da vedação.

– Acho que os soldados não gostam muito de nós – disse Shmuel. – Bem – acrescentou, tentando reunir todas as suas forças para conseguir dar uma gargalhada –, eu sei que eles não gostam de nós. Eles odeiam-nos.

Bruno ficou chocado.

– Tenho a certeza de que eles não te odeiam – disse ele.

– Odeiam, sim – disse Shmuel, inclinando-se para a frente, com os olhos semicerrados e os dentes arreganhados num esgar de raiva. – Mas não faz mal, porque eu também os odeio. Odeio--os – repetiu com toda a força.

– Não odeias o meu pai, pois não? – perguntou Bruno.

Shmuel mordeu o lábio e ficou calado. Tinha visto o pai de Bruno várias vezes e não conseguia entender como é que um homem daqueles podia ter um filho tão simpático e bondoso.

– De qualquer forma – disse Bruno depois de uma pausa calculada, pois não queria continuar a falar daquele assunto –, também tenho uma coisa para te contar.

– Tens? – perguntou Shmuel, levantando os olhos, esperançoso.

– Tenho. Vou voltar para Berlim.

Shmuel ficou boquiaberto, tal foi a surpresa.

– Quando? – perguntou com voz trémula.

– Bem, hoje é quinta – disse Bruno – e nós vamo-nos embora no sábado. Depois do almoço.

– Mas… por quanto tempo? – perguntou Shmuel.

– Para sempre, acho eu – disse Bruno. – A minha mãe não gosta de viver aqui em Acho-Vil, diz que não é lugar para criar duas crianças, e por isso o meu pai vai continuar aqui, porque o Fúria tem grandes planos para ele, mas o resto da família vai voltar para casa.

Disse a palavra "casa", embora já não tivesse bem a certeza de qual era realmente a sua "casa".

– Quer dizer que nunca mais vou voltar a ver-te? – perguntou Shmuel.

– Talvez um dia – disse Bruno. – Podias ir passar umas férias a Berlim. Não vais ficar aqui para sempre. Ou vais?

Shmuel abanou a cabeça.

– Acho que não – disse ele com tristeza. – Quando te fores embora não vou ter ninguém com quem falar – acrescentou.

– Pois não – disse Bruno. Queria acrescentar "Também vou ter saudades tuas, Shmuel" às suas palavras, mas sentiu-se um bocado envergonhado. – Então, até ver, amanhã vai ser o último dia em que estamos juntos – continuou ele. – Vamos ter de nos despedir. Vou tentar trazer-te alguma coisa superespecial.

Shmuel concordou com um aceno de cabeça, mas não tinha palavras para expressar a tristeza que sentia.

– Gostava de ter brincado contigo – disse Bruno após uma longa pausa. – Só uma vez. Para mais tarde recordar.

– Também eu – disse Shmuel.

– Andamos a conversar há mais de um ano e não brincámos nem uma única vez. E sabes que mais? – acrescentou. – Durante todo este tempo tenho observado o sítio onde vives da janela do meu quarto e nunca lá fui ver como é.

– Não ias gostar – disse Shmuel, acrescentando: – A tua casa é muito mais bonita.

– Mesmo assim, gostava de lá ter ido – disse Bruno.

Shmuel refletiu um momento e depois baixou-se, meteu a mão por baixo da vedação e levantou-a um bocadinho, de modo a que um rapazinho do tamanho de Bruno conseguisse passar.

– Então porque é que não vens? – sugeriu Shmuel.

Bruno piscou os olhos e pôs-se a pensar.

– Acho que não me iam deixar – disse, hesitante.

– Bem, provavelmente também não te iam deixar vir até aqui falar comigo todos os dias – disse Shmuel. – Mas tu vens na mesma, não vens?

– Mas se me apanhassem ia arranjar problemas – disse Bruno, que tinha a certeza de que a mãe e o pai não iam gostar.

– Isso é verdade – disse Shmuel, baixando a vedação, cabisbaixo e com lágrimas nos olhos. – Então, vemo-nos amanhã para nos despedirmos.

Nenhum deles disse nada por uns momentos. De repente, Bruno teve uma ideia.

– A não ser que... – começou ele, refletindo um pouco, a ganhar tempo para conseguir engendrar um plano. Nisto levou a mão à cabeça e sentiu as pequenas pontas, onde antes tinha o cabelo. – Não te lembras de teres dito que eu estava muito parecido contigo desde que me raparam a cabeça? – perguntou ele a Shmuel.

– Só mais gordo – admitiu Shmuel.

– Nesse caso – disse Bruno –, se eu também tivesse um pijama às riscas, já podia passar para esse lado e ninguém ia desconfiar de nada.

A cara de Shmuel iluminou-se num sorriso.

– Achas mesmo? – disse ele. – Eras capaz de fazer isso?

– Claro que era – disse Bruno. – Vai ser uma grande aventura. A nossa última aventura. Finalmente, vou poder explorar um bocadinho.

– E assim podias ajudar-me a procurar o meu papá – disse Shmuel.

– E porque não? – disse Bruno. – Damos por aí uma volta a ver se descobrimos alguma coisa. É sempre prudente fazer isso numa exploração. O único problema é arranjar um pijama às riscas.

Shmuel abanou a cabeça.

– Isso não é problema – disse ele. – Há ali um barracão onde os guardam. Posso arranjar um do meu tamanho e trazer-to. Depois mudas de roupa e podemos ir procurar o meu papá.

– Fantástico – disse Bruno, entusiasmado com a ideia. – Então, está combinado.

– Encontramo-nos amanhã à mesma hora – disse Shmuel.

– E desta vez não te atrases – disse Bruno, já de pé e a sacudir o pó. – E não te esqueças do pijama às riscas.

Naquela tarde cada um dos rapazes seguiu contente o seu caminho. Bruno pensava na grande aventura que ia viver e, finalmente, na oportunidade de ver como eram realmente as coisas do outro lado da vedação antes de voltar para Berlim, já para não falar de ir mesmo explorar a sério. E Shmuel via nisto uma excelente oportunidade para arranjar alguém que o ajudasse a procurar o seu papá. Analisando bem as coisas, parecia um plano bem inteligente e uma boa maneira de se despedirem.

19

O DIA SEGUINTE

O dia seguinte – sexta-feira – era mais um dia de chuva. De manhã, quando Bruno acordou, foi à janela e ficou desiludido ao ver como chovia. Se esta não fosse a última oportunidade de passar algum tempo com Shmuel, já para não falar na aventura, que ia ser muito emocionante, especialmente porque envolvia mascarar-se, estaria disposto a desistir de tudo e a esperar até à semana seguinte, quando não tivesse nada de especial planeado.

No entanto, as horas iam passando e não havia nada a fazer. Afinal, era ainda de manhã e até ao fim da tarde, altura em que os dois rapazes costumavam encontrar-se, muita coisa podia acontecer. Até lá, a chuva já teria certamente parado.

Espreitou pela janela durante as aulas da manhã com *Herr* Liszt, mas a chuva não dava sinais de abrandar e batia até com toda a força nas vidraças. Espreitou pela janela da cozinha à hora de almoço, e a chuva começava claramente a abrandar e já se via o Sol a espreitar por detrás de uma nuvem negra. Voltou a espreitar à tarde, durante as aulas de História e Geografia, quando a chuva atingiu a máxima força, ameaçando partir a vidraça.

Felizmente, a chuva parou mais ou menos na altura em que *Herr* Liszt estava de saída e, por isso, Bruno calçou as botas, vestiu a gabardina, esperou que o caminho ficasse livre e saiu.

As botas chapinhavam na lama e ele começou a gostar daquele passeio mais do que nunca. A cada passo parecia correr o risco de se desequilibrar e cair, mas isso nunca aconteceu e conseguiu sempre manter o equilíbrio, mesmo num troço mais complicado, quando levantou a perna esquerda e a bota ficou presa na lama enquanto o pé continuou a andar.

Olhou para o céu e, apesar de estar ainda muito carregado, achou que já tinha chovido o suficiente por um dia e que o resto da tarde não ia trazer mais chuva. Claro que, quanto mais tarde regressasse a casa, mais difícil seria explicar por que motivo estava assim tão sujo, mas podia dizer apenas que era precisamente por ser um rapaz como os outros, coisa que a mãe andava sempre a clamar que ele era, e era capaz de se safar sem arranjar muitos problemas. (A mãe tinha andado particularmente feliz nos últimos dias, à medida que cada caixote com as coisas deles tinha sido fechado e levado num camião com destino a Berlim.)

Shmuel já lá estava quando Bruno chegou e, pela primeira vez, não estava sentado no chão de pernas cruzadas e olhos postos na poeira, mas sim de pé, encostado à vedação.

– Olá, Bruno – disse ele, quando viu o amigo aproximar-se.

– Olá, Shmuel – disse Bruno.

– Não tinha a certeza se íamos voltar a ver-nos… quer dizer, com esta chuva e tudo – disse Shmuel. – Pensei que não fossem deixar-te sair de casa.

– Foi um bocado difícil – disse Bruno. – Também, com este tempo…

Shmuel moveu a cabeça, concordante, e estendeu as mãos para Bruno, que ficou boquiaberto. Em cima delas estavam umas calças de pijama, uma camisola e um barrete às riscas, iguaizinhos aos dele. Não pareciam muito limpos, mas era um disfarce e Bruno sabia que os bons exploradores usavam sempre a roupa certa.

– Ainda me queres ajudar a procurar o meu papá? – perguntou Shmuel, e Bruno acenou logo com a cabeça que sim muito depressa.

– Claro que sim – disse ele, embora achasse que o papá do Shmuel não era tão importante para ele quanto a possibilidade de explorar o mundo do outro lado da vedação. – Não ia deixar--te ficar mal.

Shmuel ergueu a vedação e passou-lhe as roupas por baixo, com bastante cuidado para não tocar na lama.

– Obrigado – disse Bruno, a coçar a cabeça rapada e já com o cabelo a despontar, perguntando a si próprio porque é que não se tinha lembrado de trazer um saco para meter a roupa lá dentro. Aqui, o chão estava tão sujo que a roupa dele ia ficar toda estragada se a deixasse ali ficar. Na verdade, não tinha outra hipótese. Ou a deixava ali até mais tarde e se conformava com o facto de ir ficar toda suja de lama seca, ou então desistia de tudo e isso, como qualquer explorador que se preze sabe, estava completamente fora de questão.

– Bem, vira-te para lá – disse Bruno, apontando para o amigo que estava ali constrangido a olhar para ele. – Não quero que fiques aí a olhar para mim.

Shmuel virou-lhe as costas e Bruno tirou o casacão e pousou-o no chão com o máximo cuidado. Depois, tirou a camisa e, antes de vestir a parte de cima do pijama, arrepiou-se todo por causa do frio. Quando estava a enfiá-la pela cabeça, cometeu o erro de respirar pelo nariz e percebeu que aquela roupa não cheirava nada bem.

– Quando foi a última vez que lavaram isto? – exclamou ele, e nessa altura Shmuel virou-se.

– Nem sei se alguma vez foi lavado – disse Shmuel.

– Vira-te para lá! – gritou Bruno, e Shmuel fez o que ele mandava.

Bruno olhou outra vez em redor, mas continuava a não ver ninguém e, então, deu início à difícil tarefa de despir as calças ao mesmo tempo que mantinha um pé apoiado no chão. Era muito estranho estar a despir as calças ali ao ar livre e nem conseguia imaginar o que alguém que o visse a fazer aquilo ia pensar dele;

mas finalmente, e com muito esforço, lá conseguiu dar a tarefa por terminada.

– Pronto – disse ele. – Já podes virar-te.

Shmuel virou-se ao mesmo tempo que Bruno dava o toque final no seu disfarce, enfiando na cabeça o barrete de pano às riscas. Shmuel piscou os olhos e fez um gesto de aprovação. Estava fantástico. Se não fosse o facto de Bruno estar longe de ser tão magro e tão pálido como os rapazes daquele lado da vedação, seria difícil distingui-los. Era quase (pensava Shmuel) como se fossem todos exatamente iguais.

– Sabes o que é que isto me faz lembrar? – perguntou Bruno, e Shmuel abanou a cabeça.

– O quê?

– Faz-me lembrar a minha avó – disse ele. – Lembras-te de eu te ter falado dela? Aquela que morreu?

Shmuel disse que sim; lembrava-se, porque Bruno tinha falado muito dela durante aquele último ano; tinha-lhe dito que gostava muito dela e que só queria ter arranjado mais tempo para lhe escrever mais cartas antes de ela morrer.

– Faz-me lembrar as peças de teatro que ela costumava fazer com a Gretel e comigo – disse Bruno, desviando os olhos ao recordar aqueles dias passados em Berlim, uma das poucas lembranças que se recusavam a desaparecer. – Faz-me lembrar como ela arranjava sempre o traje certo para eu usar. "Se usares o traje certo, vais sentir-te exatamente como a pessoa que estás a fingir que és", era o que ela me dizia sempre. Suponho que é isso que eu estou a fazer, não é? A fingir ser uma pessoa que vive do outro lado da vedação.

– Um judeu, queres tu dizer – disse Shmuel.

– Sim – disse Bruno, apoiando-se ora num pé ora no outro, um bocadinho constrangido. – É isso mesmo.

Shmuel apontou para os pés de Bruno, para as botas pesadas que ele tinha calçadas.

– Também vais ter de as tirar.

Bruno ficou estupefacto.

– Mas, e a lama!? – exclamou ele. – Não estás à espera de que eu vá andar descalço por aí.

– Se não andares, vais ser desmascarado – disse Shmuel. – Não tens outro remédio.

Bruno suspirou, mas sabia que o amigo tinha razão. Por isso, tirou as botas e as meias e deixou-as ao lado do montinho de roupa que estava pousado no chão. Ao princípio foi horrível andar com os pés descalços naquela lama toda; enterrava-se até aos tornozelos e de cada vez que levantava um pé era ainda pior. Mas depois começou a achar muito divertido.

Shmuel baixou-se e levantou a vedação, mas só conseguiu levantá-la um bocadinho e Bruno não teve outro remédio senão passar por baixo a rastejar, ficando com o pijama todo sujo de lama. Quando viu o estado em que estava, desatou a rir. Nunca tinha ficado tão sujo em toda a vida e a sensação era maravilhosa.

Shmuel também riu e os dois rapazes ficaram parados frente a frente por momentos, tímidos, desacostumados de estar do mesmo lado da vedação.

Bruno tinha vontade de abraçar Shmuel, só para lhe mostrar que gostava muito dele e que tinha adorado conversar com ele durante aquele último ano.

Shmuel também tinha vontade de abraçar Bruno, só para lhe agradecer toda a sua simpatia e ofertas de comida, e também por ir agora ajudá-lo a procurar o seu papá.

No entanto, nenhum deles abraçou o outro, e o que fizeram foi começar a afastar-se da vedação em direção aos barracões, um passeio que Shmuel fazia quase todos os dias já lá ia um ano, quando conseguia escapar aos soldados e arranjava maneira de ir até àquele sítio de Acho-Vil que parecia nunca estar vigiado, um lugar onde tinha tido a sorte de conhecer um amigo como Bruno.

Não demoraram muito a chegar. Bruno estava pasmado com o que via. Tinha imaginado os barracões cheios de famílias felizes, algumas delas sentadas à porta ao fim da tarde em cadeiras de baloiço a contar histórias dos seus tempos de criança e a dizer que as coisas eram bem melhores nessa época, que sabiam respeitar os mais velhos, ao contrário das crianças de hoje. Tinha imaginado que todos os rapazes e raparigas que ali viviam andavam em grupos, a jogar ténis ou futebol, todos contentes, aos saltos e a desenharem quadrados no chão para jogarem à macaca.

Tinha imaginado uma loja no centro e, talvez, um pequeno café, como aqueles que tinha visto em Berlim; tinha pensado também que devia haver uma loja de frutas e vegetais.

Tudo aquilo que ele imaginara que lá existia afinal não existia.

Não havia velhos sentados em cadeiras de baloiços nos alpendres.

Não havia bandos de crianças a brincarem.

E não só não havia nenhuma loja de frutas e vegetais, como também não havia nenhum café como os de Berlim.

O que havia eram multidões sentadas em grupos mais pequenos, de olhos postos no chão, terrivelmente tristes; e as pessoas tinham todas uma coisa em comum: eram esqueléticas, de olhos encovados e cabeças rapadas, o que levou Bruno a pensar que ali também tinha havido um surto de piolhos.

Num dos lados, Bruno viu três soldados que pareciam comandar um grupo de cerca de vinte homens. Os soldados estavam a gritar com eles e alguns dos homens tinham caído de joelhos e assim ficavam, de mãos na cabeça.

No outro lado via mais soldados a vaguearem, a rirem-se e a olharem para os canos das espingardas, apontando-as em várias direções, mas sem dispararem.

De facto, para onde quer que olhasse só conseguia ver dois tipos de pessoas: soldados a gritarem, todos felizes da vida, ou pessoas de pijamas às riscas, tristes e a chorarem, a maior parte delas de olhar perdido como se estivessem a dormir acordadas.

– Acho que não gosto muito disto por aqui – disse Bruno, daí a um bocado.

– Nem eu – disse Shmuel.

– Acho melhor ir-me embora – disse Bruno.

Shmuel parou e fitou-o.

– Mas o meu papá... – disse ele. – Disseste que me ajudavas a procurá-lo.

Bruno ficou pensativo. Tinha feito essa promessa ao amigo e não era rapaz de faltar à sua palavra, especialmente sendo esta a última vez que iam estar juntos.

– Está bem – disse ele, embora agora se sentisse muito menos confiante do que antes. – Mas por onde é que vamos começar?

– Disseste que tínhamos de procurar pistas – disse Shmuel, um bocado amuado, porque se não fosse Bruno a ajudá-lo, quem seria?

– Pistas, claro – disse Bruno, concordando. – Tens razão. Vamos começar a procurar.

E, assim, Bruno cumpriu a promessa e os dois passaram hora e meia a revistar o campo à procura de pistas. Não sabiam muito bem de que é que andavam à procura, mas Bruno não parava de dizer que um bom explorador ia saber assim que encontrasse o que procurava.

Porém, não encontraram nada que lhes desse qualquer pista sobre o desaparecimento do papá de Shmuel, e já estava a começar a escurecer.

Bruno olhou para o céu e parecia que ia começar a chover outra vez.

– Tenho muita pena, Shmuel – disse ele finalmente. – Desculpa não termos encontrado nada.

Shmuel abanou a cabeça tristemente. Não estava assim tão admirado. Nunca tinha acreditado muito que conseguissem encontrar alguma coisa. Mas, mesmo assim, tinha sido bom que o seu amigo tivesse vindo até ali ver o lugar onde ele vivia.

– Agora acho melhor voltar para casa – disse Bruno. – Fazes-me companhia até à vedação?

Shmuel ia responder, mas nesse preciso momento ouviu-se um apito muito alto e dez soldados – mais do que Bruno alguma vez tinha visto juntos num só sítio – cercaram uma parte do campo, aquela em que Bruno e Shmuel se encontravam.

– O que é que está a acontecer? – perguntou Bruno muito baixinho. – O que é que se passa?

– Isto acontece algumas vezes – disse Shmuel. – Obrigam as pessoas a fazer marchas.

– Marchas! – disse Bruno, siderado. – Não posso fazer marcha nenhuma. Tenho de estar em casa à hora do jantar. Hoje é rosbife.

– Chiu – disse Shmuel, levando o dedo aos lábios. – Não fales, senão eles ficam furiosos.

Bruno fez cara feia, mas sentiu-se mais protegido porque todas as pessoas daquela parte do campo estavam a juntar-se. A maior parte delas estava a ser empurrada pelos soldados, de maneira que ele e Shmuel estavam escondidos no meio delas e os soldados não os viam. Não sabia porque é que toda a gente parecia estar tão assustada – afinal, marchar não era uma coisa assim tão má – e a sua vontade era dizer baixinho a todos eles que estava tudo bem, que o pai dele era o Comandante e se isto era o que ele queria que fosse feito, então que não se preocupassem porque estava tudo bem.

Ouviram-se novamente os apitos e, desta vez, o grupo, que devia ter mais ou menos cem pessoas, começou a marchar lentamente, com Bruno e Shmuel ainda escondidos lá no meio. Ouviu-se um burburinho qualquer na parte de trás, onde algumas pessoas se recusavam a marchar, mas Bruno era muito pequeno para conseguir ver o que se passava e tudo o que conseguiu ouvir foi uns estoiros, parecidos com tiros, mas não conseguiu perceber muito bem o que estava a acontecer.

– A marcha vai demorar muito? – sussurou ele, porque já estava a ficar cheio de fome.

– Acho que não – disse Shmuel. – Nunca vejo as pessoas depois de participarem nestas marchas. Mas acho que não.

Bruno franziu o sobrolho e olhou para o céu, pois nesse momento ouviu outro estrondo: desta vez era um trovão, mesmo por cima da sua cabeça, e de um momento para o outro o céu pareceu ficar ainda mais escuro, quase negro, e começou a chover ainda com mais força do que tinha chovido toda a manhã. Bruno fechou os olhos por um instante e sentiu a chuva a cair-lhe no corpo. Quando os abriu outra vez, já não ia propriamente a marchar, mas sim a ser levado pela multidão, e a única coisa que sentia era a lama que lhe cobria todo o corpo e o pijama colado à pele devido à chuva, e só desejava estar em casa a ver tudo isto de longe e não ali mesmo no meio dos acontecimentos.

– Pronto – disse ele a Shmuel –, vou apanhar uma constipação. Tenho de voltar para casa.

Porém, ao dizer isto, os seus pés levaram-no até um lanço de escadas e, à medida que as subia, percebeu que já não estava à chuva, pois estavam a entrar todos numa sala muito comprida, surpreendentemente quente, e que devia ter sido construída de forma muito reforçada, porque a chuva não conseguia lá entrar. Aliás, era até muito abafada, quase sem ar.

– Até que enfim – disse ele, contente por estar abrigado da chuva pelo menos por alguns minutos. – Bem, acho que vamos ter de ficar aqui à espera até a chuva passar e depois tenho de voltar para casa.

Shmuel encostou-se muito a Bruno, olhando para ele aterrorizado.

– Desculpa por não termos encontrado o teu papá – disse Bruno.

– Não faz mal – disse Shmuel.

– E desculpa por não termos chegado a brincar, mas quando fores a Berlim, é isso que vamos fazer. Vou apresentar-te ao... Oh, como era mesmo que eles se chamavam? – perguntou a si próprio, frustrado por eles serem, afinal, os seus três melhores amigos para toda a vida, e agora já se ter esquecido deles. Não conseguia lembrar-se de nenhum nome nem de nenhuma cara. – Na verdade – disse ele, baixando os olhos para Shmuel –, não interessa se me lembro ou não. De qualquer maneira, eles já não são os meus melhores amigos. – E depois, baixando os olhos, fez uma coisa que não costumava fazer: pegou na mão de Shmuel e apertou-a com muita força. – Agora és tu o meu melhor amigo, Shmuel – disse ele. – O meu melhor amigo para toda a vida.

Shmuel até pode ter respondido, mas Bruno já não conseguiu ouvi-lo, porque nesse preciso momento soou um grande grito sufocado de todas as pessoas que ali estavam quando a porta da entrada foi subitamente fechada e um som metálico se ouviu do lado de fora.

Bruno arqueou uma sobrancelha, intrigado, incapaz de perceber o sentido de tudo aquilo, mas imaginou que fosse para proteger as pessoas da chuva, para não ficarem doentes.

Depois, a sala ficou muito escura e, apesar da confusão que se seguiu, Bruno apercebeu-se de que ainda estava a apertar na sua a mão de Shmuel e que nada neste mundo conseguiria convencê-lo a largá-la.

20

ÚLTIMO CAPÍTULO

Depois disso, nunca mais se soube nada de Bruno. Passados vários dias, depois de os soldados terem revistado minuciosamente toda a casa e corrido todas as cidades e aldeias vizinhas com fotografias do pequeno Bruno, um deles descobriu o monte de roupa e o par de botas que ele tinha deixado junto à vedação. O soldado deixou-as lá ficar sem lhes mexer, e foi chamar o Comandante, que examinou a área, olhando em redor, tal como Bruno fizera. Porém, por mais que se esforçasse, não conseguia perceber o que tinha acontecido ao seu filho. Era como se tivesse simplesmente desaparecido da face da terra e deixado as roupas para trás.

A mãe não regressou a Berlim tão cedo quanto desejara. Ficou em Acho-Vil ainda mais alguns meses, à espera de notícias de Bruno, até que um dia, de repente, pensou que Bruno talvez tivesse tentado voltar para Berlim sozinho, e regressou imediatamente à antiga casa, cheia de esperança de o ver sentado nas escadas à espera dela.

Mas claro que ele não estava lá.

Gretel regressou a Berlim com a mãe e passava muito tempo no quarto a chorar, não por ter deitado fora todas as suas bonecas, não por ter deixado todos os seus mapas em Acho-Vil, mas porque tinha muitas saudades de Bruno.

O pai permaneceu em Acho-Vil por mais um ano e os outros soldados começaram a deixar de gostar dele, pois tratava-os de forma impiedosa. Adormecia todas as noites a pensar em Bruno e todas as manhãs acordava ainda com ele no pensamento. Um dia, elaborou uma teoria sobre o que teria realmente acontecido e voltou ao sítio na vedação onde há um ano tinham encontrado o monte de roupa.

O sítio não tinha nada de especial, ou de diferente, mas depois de uma breve exploração, descobriu que, nesse sítio, a base da vedação não estava devidamente presa ao chão como estava no resto do perímetro e que, se a levantassem, havia espaço suficiente para uma pessoa de pequena estatura (uma criança, por exemplo) passar por baixo dela. Nesse momento, fitou o horizonte, seguiu um pensamento lógico passo a passo e, quando o fez, apercebeu-se de que as suas pernas pareciam ter deixado de funcionar corretamente – como se não conseguissem mais suportar o peso do seu corpo – e acabou por se sentar no chão, quase na mesma posição em que Bruno se tinha sentado todas as tardes durante um ano, embora sem cruzar as pernas.

Alguns meses depois, chegaram outros soldados a Acho-Vil e o pai recebeu ordens para ir com eles, partindo sem protestar, sentindo-se até feliz, pois agora já não se importava realmente com o que lhe fizessem.

Este é o fim da história de Bruno e da sua família. Claro que tudo isto aconteceu há muito tempo e nada parecido poderá voltar a acontecer.

Não nos dias de hoje, não na época em que vivemos.